望公太

イラスト＝ぴょん吉

Genius Hero and
Maid Sister.

神童勇者とメイドおねえさん 4

Presented by Kota Nozomi
Illustration = pyon-Kti

「はい、どーんっ！　残念でしたっ！」

「うわぁあああん！
イブリスのバカぁ！」

「そうやって一生懸命手で隠してる方が……なんか卑猥だぞ？」
「なんだと……!? そんな、バカな……」

「でもやっぱりさ、スタイルは私の方がいいよねー」
「くっ……」

彼女は——舞っていた。
月明かりの下で、たった一人で踊っている。
見たこともない踊りだった。

時にしなやかに、時に荒々しく。
まるで、思いつきのままに手足を動かしているような——

やがて雲が流れ、半分隠れていた月が露わとなる。
今宵は満月だった。

CONTENTS

Genius Hero and Maid Sister.4

Presented by Kota Nozomi / Illustration = pyon-Kti

神童勇者と
メイドおねえさん 4

望 公太

MF文庫J

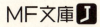

口絵・本文イラスト●ぴょん吉

プロローグ

Genius Hero and Maid Sister.4

ロガーナ王国西方、エルト地方。

人里離れた森の奥には、大きな屋敷がある。

シオン・ターレスク——かつては世界を救いながら、とある事情により人里では暮らせなくなった元勇者が、今ではそんな辺境の地に居を構えている。

少年と共に暮らすのは、四人のメイド達。

アルシェラ。

フェイナ。

イブリス。

ナギ。

見目麗しい四人のメイド達——彼女らもまた、様々な事情によって故郷や家族を失い、シオンの下に身を寄せることになった。

元勇者の少年と、四人のメイド。

誰もが悲痛な過去を持ち、日向《ひなた》の世界は歩けぬ者ばかり。

どこにも居場所がなくなってしまい、人里離れた森の奥で、互いの傷を舐《な》め合うように身を寄せ合って日々を過ごす。

世界から爪弾《つまはじ》きに遭った者達は、今——

「っしゃあ、おらぁああぁっ！　見たかぁ、私の圧倒的豪運！」

「えええっ⁉　ズルいズルい、そんなのズルいって！　うわぁあぁあん！　もう一回！

もう一回だよ、イブリス！」

屋敷の一室。

シオンが紅茶を楽しむ傍《かたわ》らで、騒々しい声が響く。

見れば、イブリスとフェイナがトランプで遊んでいるようだった。

しかしテーブルの上に散らばる貨幣や、極めて真剣な表情でカードを見つめる二人の表情から察するに、単なる遊びではなさそうだが。

「……なにをやってるんだ、あいつらは？」

「給金を賭けて遊んでいるようですね」

シオンの問いには、傍らに立つアルシェラが答えた。

この屋敷で働く四人のメイド達には、毎月シオンが給金を支払っている。

シオンを交えた五人全員の話し合いで決まった金額だが——正直、額はそこまで高くない。

子供の小遣い、というほど安くはないが……せいぜい大人の小遣い程度だ。

シオンとしてはもう少し払ってもいいと思っており、またフェイナやイブリスも値上げを要求していたが、屋敷全体の財政を考えるアルシェラと、質素倹約を美徳と考えるナギは値下げを求め、協議の結果現在の金額が決まった。

まあ、この屋敷で暮らしている以上、基本的な衣食住の金額は全てシオンが負担することとなるため、給金が多少安かろうと彼女達が生活に困ることはない。

給金はあくまで彼女達が自分の趣味嗜好《しこう》のために使うものだ。

(……給金として支払った以上、金の使い方に文句を言うつもりはない)

どう使うかは彼女達の自由。

用途まで詮索して口を出すのは、主人としての領分を逸脱する行いだろう。

シオンはそう考えている。

考えているのだが——

「はい、どーんっ！　残念でしたっ！」

「うわぁあああん！　イブリスのバカぁ！」

目の前で堂々と賭博をされると、さすがに文句の一つも言いたくなった。

(どうしたものか……)

複雑な気分となるシオンだったが、そんな彼の下に、

「ふぇえええん、シー様ぁ……」

フェイナが泣きながら寄ってきた。

「イブリスに今月の給金全部取られたぁ……」

「なにをやってるんだお前は……？」

「私はやりたくないって言ったのに、イブリスが無理やり……」

「……僕は最初から見ていたが、お前の方からノリノリで勝負をふっかけていたように見えたぞ？」

「だってだってぇ……なんとなく今日は勝てそうだと思ったんだもん」

「……まあ、博打《ばくち》をする者は大体そう考えているんだろうな」

溜息《ためいき》を吐《つ》くシオン。

「けっ。負けたからって被害者ぶるなよ。先月はフェイナが勝ったんだから、これでお互い様だろ？」

「違うし！　ここまで完敗はしなかったし！」

イブリスに反論した後、再びシオンに泣きついてくる。

「うう、シー様ぁ……来月の給金、前借りさせて」

「結局そういう話か……」

やれやれ、とシオンは小さく息を吐く。

どう返答すべきか悩んでいると、

「ダメよ、フェイナ」

機先を制するように、アルシェラが言った。

「給金の前借りなんて許されるはずがないでしょう？　ましてそれが、博打で負けた金の穴埋めなんて……恥を知りなさい」

「むう……アルシェラには聞いてないし」

「あなた達の教育も、メイド長である私の務めだからね。金を無心するような低俗な振舞いはきちんと調教してあげないと」

「……無心じゃないもん、前借りだもん」

「同じことよ。自業自得なんだからしっかり反省しなさい」

「む～～……」

正論を浴びせられ、むくれるフェイナ。

「まあ、いいじゃないか。給金をなにに使うかはお前達個人の自由だ」

シオンは言う。

「今回だけだぞ、フェイナ」

「ほんとに!?」

喜色満面となったフェイナに、「ああ」と頷《うなず》くシオン。

元々前借り程度は許してやるつもりだった。

ただ、あまり簡単に認めてしまうのもよくないと考えていたが、

(アルシェラがしっかり言ってくれたからな)

メイド長が鞭《むち》の役を買ってでてくれたのならば、自分は飴《あめ》を与えるとしよう。

「わーい、シー様大好き！」

「まったく、シオン様は甘いのですから……」

両手をあげて喜ぶフェイナと、呆《あき》れ顔《がお》となるアルシェラ。

とりあえず話はまとまった。

かと思いきや――

「よっしゃイブリス！　前借りオッケーっぽいからもう一勝負行くよ！　レートは倍ね！

負け分全部取り返してやるんだから！」

「いやいやいやっ、待て待て待て！」

意気揚々と勝負の場に戻ろうとしたフェイナを、慌てて止めるシオン。

「もう〜、なにシー様？　せっかく闘争心燃やしてたのに？」

「……お、お前、なにをしようとしてる？」

「なにって、負けを取り戻すんだけど？」

さも当然のように言い返され、シオンは頭が痛くなった。

「博打《ばくち》の負けは博打で取り戻す。常識だよ」

「……それはドロ沼にハマる奴《やつ》の常識だ」

「給金をなにに使うかは私達の自由なんだよね？　じゃあ前借りしたお金をなにに使うかも私の自由だよね？」

「だからってお前……その、なんていうかだな……もっと、こう……あー、もういい。好きにしろ」

借りるときだけ媚《こ》びへつらっておきながら約束にこぎ着けた途端に尊大な態度となる。

そんなフェイナに物申したい気持ちが湧き上がるも、途中で面倒臭くなって諦めてしまうシオンだった。

「……アルシェラが正しかったようだな」

「心中お察しします」

深く息を吐くシオンと、同情の声をかけるアルシェラだった。

フェイナはそんな二人を無視して、またイブリスとの勝負に夢中となる。

そのとき、である。

「ただいま帰りました」

買い物に出ていたナギが帰ってきた。

「ナギ、おかえりー。どう？　ナギもちょっと一戦交えない？」

「ふむ」

フェイナの誘いに、ナギは少し考える素振りを見せた後、

「そうだな。たまには付き合ってやろうか」

と言った。

「え？　ほんとに？」

「なんだフェイナ。誘ったのはそっちであろう？」

「いや誘っといてあれだけど、ナギってお堅いから博打《ばくち》とかやらなそうだとも思っててさ」

「別段好きでもないが……まあ嫌いでもない。昔は一族の者達とよくやっていた。付き合い程度だがな」

ナギはそう言いつつ、フェイナ達が持っているカードを覗《のぞ》き込《こ》む。

「その札は、とらんぷ、と言ったか？」

「あれ？　ナギってトランプ知らないの」

「ほとんど触ったことがないな」

「じゃあ、ポーカーのルールなんて……」

「まるでわからぬ」

「そうなんだ……じゃ、じゃあ絶対やった方がいいよ！」

フェイナは急に大きな声を出した。

「すっごく面白いから！　ルールは全部私が教えてあげるね！　だいじょぶだいじょぶ。

ナギならすぐ覚えられるよ！　お金もね……ちょっと、ちょーっとぐらい賭けてやろうね！　その方が真剣味が増してゲームが面白くなるから！」

段々と表情が切羽詰まっていく。

（……完全にカモにする気だな）

内心で溜息《ためいき》を吐《つ》くシオン。

親切心から言っている風を装っているが、初心者をカモにしようという意図があまりにわかりやすく滲《にじ》み出《で》ていた。

負けが込んでいるせいか、だいぶ余裕がなくなっているらしい。

ナギの方はそんな狙いには気づいていない様子で、

「そうか、フェイナは親切だな」

と、教えを請おうとしていた。

フェイナは喜色満面となり、ポーカーのルールを説明していく。

「――それでね、こうしてこうして、こんな風に役ができたら勝ち」

「ふむ。なるほどな。花札みたいなものか」

ナギは興味深そうに頷《うなず》く。

しかし。

「大体わかった。ところでフェイナ」

おおよそのルール説明が終わったところで、ナギは言う。

「その、ぽーかー、という遊びは……お互いの手役を隠したまま、ハッタリやブラフなどを交えつつ、掛け金を吊《つ》り上《あ》げる駆け引きを楽しむものなのだろう？」

「うん」

「だとすれば――裏からカードの種類がわかってしまっては、勝負が成立しないのではないか？」

「へ？」

きょとんとするフェイナ。

その背後で……イブリスがぎくりと身を強《こわ》ばらせた。

「なに言ってるのナギ？　裏からカードがわかるわけないじゃん」

「そそ、そうだそうだ！　フェイナの言う通り！　なに言ってんだよナギ！」

不思議そうに言うフェイナと、大慌てのイブリス。

しかしナギの態度は揺るがない。

「いや、わかるだろう」

と言って、カードを数枚手に取る。

「パッと見では、どれも同じに見えるが……この右隅の小さな星の柄が一枚ごとに違う。星の欠けている部分で、種類がわかるようになっているのだな」

何枚かの裏表を確認しつつ、ナギは本当に不思議そうに言う。

「こんな風に裏から柄がわかってしまえば、自《おの》ずと相手の手役もわかる。そんな状態で賭けをしても、なにも面白くないと思うのだが……」

「………………」

呆然《ぼうぜん》とするフェイナ。

その背後でイブリスは「あちゃー」と言わんばかりの様子で額に手を当てていた。そのままこっそり逃げだそうとするも――フェイナが飛びかかる。

「イ～ブ～リ～ス～っ！　やってくれたね！」

「な、なんのことかなー……」

「おかしいと思った！　今日急にイブリスが新しいカードを用意してきたもんね！」

激昂《げきこう》するフェイナと気まずそうに目を逸《そ》らすイブリス。

どうやらイカサマがあったらしい。

イブリスが用意したトランプが、裏の柄で表の種類がわかるタイプのものだった。

フェイナは今の今まで気づかずにプレイしていたようだが、ルール説明の際にナギが気づいてしまった。

観察眼――というよりは、偏見がないためだろう。

トランプというものをよく知らず、フラットな状態で学ぼうとしていたからこそ、裏の柄という普段ならば注視しないものに気づくことができた。

（そういえば……フェイナがナギを誘い出した辺りから、急激に口数が減ったな、イブリスのやつ）

　新規参入者のせいでイカサマが露見することを恐れたのだろう。しかし無理に止めればかえって怪しまれるため、沈黙を貫いたというわけだ。

「……ちっ。バレちゃしょうがねえ」

　当初は誤魔化《ごまか》そうとしていたイブリスだが、割と早めに開き直った。

「イカサマなんてのはなあ、引っかかる方がバカなんだよ！」

「むうっ！　開き直ったってダメだからね！　さっきまでの勝負は全部なし！　私のお金は返してもらうんだから！」

「けっ。元々先にイカサマやってきやがったのはフェイナの方だろうが！　先月の勝負……手首に塗った香水の匂いをカードに移して嗅ぎ分けるっつー、せこいことしやがって」

「あ、あれはイカサマじゃないし！　たまたま香水の匂いが移っちゃっただけだもーん！仮に私が嗅ぎ分けてたとしても、全ては偶然だから超合法イカサマだもーん！」

「偶然なわけねえだろ！　普段香水なんかつけてねえくせに！」

　ぎゃーぎゃーと言い争う二人。

（どっちもどっちだな……）

シオンは小さく息を吐く。

そこへナギが、やや困惑気味の表情でやってくる。

「……なにやら、私が地雷を踏んでしまったようですね」

「気にするな。お前はなにも悪くない。そうだ、ナギ。せっかくポーカーのルールを覚えたのなら、僕とアルシェラと一緒に遊ぼうか？」

「よろしいのですか？」

「ああ」

「いいですね。では私は、トランプを取ってまいります。裏に細工のない普通のものを」

「そうしてくれ。ノーレートで楽しく遊ぼう」

シオンの提案で三人はポーカーで遊ぶこととなった。

アルシェラがトランプを持ってきて、それぞれにカードを配る。

「えっと……」

「どうしたナギ？」

「まずはいらないカードを一枚捨てればいいのよ」

「そう、なんですが……？」

手札を見つめたまま、困ったような顔になってナギは言う。

「捨てるカードがないときは、どうすればいいのでしょうか？」

「……え？」

一瞬固まってしまうシオン。

「ナ、ナギ……手札を見せてもらっていいか？」

「はい」

どうということもなさそうに手札が開かれ――シオンは噴き出しそうになる。

その手札は――

ハートの、1、2、3、4、5。

「これは確か……ストレートフラッシュという手役でしたか？」

「そ、そうだな」

ぎこちなく頷《うなず》くシオン。

（初手でストレートフラッシュって……）

ポーカーの手役の中でも、ストレートフラッシュはかなり強い役だ。

成立するための条件は相当難しいはずなのだが……それがまさか、生まれて初めてやったポーカーの初手で完成しているとは。

「……アルシェラ、なにかやったか？」

カードを配ったのはアルシェラだ。

初めてプレイするナギのために、リップサービス的な意味合いで強力な手札をプレゼン

トした可能性もなくはないと思ったが、

「……いえ、私はなにも」

アルシェラはなにもしていないらしかった。

彼女もまた、驚いた顔をしている。

初手ストレートフラッシュは、どうやら単純にナギの運の問題らしい。

「お屋形《やかた》様……これは、なにか強い役なのですか？」

「ああ……かなり強い役だな。カード交換もなしにいきなりストレートフラッシュができてるなんて、なかなかすごいことだと思う」

「初手で役ができていた……つまり、花札でいうところの『くっつき』や『手四《てし》』みたいなものでしょうか？」

「……た、たぶんそうだ」

花札というカードが東方の島国に存在していることぐらいは知っているが、そのルールまではシオンも理解していなかった。

「点数でいうと、いくらぐらいなのでしょう？」

「いや、ポーカーの役に点数はない。役の強さがあるだけで……あとはその役に対してどのように賭けていくかが、ポーカーの醍醐《だいご》味だ」

「ふむ」

「初手でストレートフラッシュができているのは凄《すさ》まじい豪運だと思ったが……冷静に考えてみると、いいことばかりではないのかもしれないな」

「そうなのですか?」

「手役を崩したくなければカードを交換しなければいいのだが……そうすると相手に『自分には強い役ができあがっています』と言っているのと同じだからな。そうなると、相手は早々に勝負を降りてしまう。相手に降りられてしまえば、せっかくの強い役も宝の持ち腐れみたいなものだ」

「はあー、なるほど」

「逆に言えば、手札で全く役ができていなかったとしても、ハッタリとブラフで相手を降ろすことだってできる。その辺りの駆け引きもまたポーカーの面白さというわけだな」

「奥が深いのですね」

感心したような表情となるナギ。

「でも、すごいな。いきなりストレートフラッシュが出てくるとは思わなかった」

「……そういえばナギって、賭け事は強かったわね」

アルシェラが思い出したように言う。

「魔王軍の中で、捕らえた魔獣同士を戦わせてどっちが勝つか賭けて遊ぶ、みたいな悪趣味な行事があって、ナギも付き合いで参加していたようだったけれど……負けたところを見たことがないかもしれない」

「そ、そうなのか？」

「いえ、たまたまです。運がよかっただけです」

謙遜気味の口調でナギは続ける。

「賭け事自体は、祖国にいた頃に付き合いでたまにやる程度で……」

「故郷では、強かったのか……？」

「どうなんでしょう？　よくわからないですね。私と戦った相手はなぜかいつも『二度とお前とは賭けない』と言って去って行ってしまうので……。そのため賭け事をした回数自体が少なく、強いのかどうか……」

「………………」

「付き合いで行った賭場なども、よく出禁にされてしまいました。なにも悪いことはしなかったと思うのですが……不思議なものです」

「………………」

シオンは言葉を失ってしまう。

（本人が気づいてないだけで、ナギにはものすごい博才があるんじゃ……）

この才は果たして自覚させていいものか、悪いものか。

そんな風に考えていると、

「……ねーねー、シー様」

喧嘩《けんか》をしていたはずのフェイナが、こっちに近づいて声をかけてきた。すぐ後ろにはイブリスもいる。

「どうした？」

「私らも、こっちにまーぜーてーちょ」

かわいらしく小首を傾《かし》げて言うフェイナ。

「……なにが狙いだ？」

「狙いなんてないよ。だってなんか、すっごく楽しそうにしてるんだもん。なんか喧嘩してるのがバカらしくなっちゃって。ねえイブリス」

「これ以上喧嘩してもしょうがないんでね」

「……金は賭けないぞ？」

「わかってる！」

「ならば、好きにしろ」

「わーい、シー様大好き！」

フェイナとイブリスも参加し、五人でポーカーをすることとなった。

アルシェラが全員にカードを配っていく。

「……しっかし、アレだなあ。ポーカーは賭けねえでやると……いまいちやる気が起きないもんだな」

「金は賭けないと言っただろう」

己の手札を眺めながら気怠《けだる》そうにぼやくイブリスに、シオンは言う。

しかし言わんとすることは、少しはわかった。

ポーカーの手役云々《うんぬん》よりも、手役が確定した後の駆け引きこそが醍醐味《だいごみ》だと言える。賭けないでやるポーカーには、正直物足りなさがある。

「あっ。じゃあさ、お金じゃないもの賭けてやろうよ！」

フェイナが瞳を輝かせて言った。

「お金じゃないもの……？」

「たとえば……服とか？」

「服っ⁉」

噴き出しそうになるシオンに、フェイナはにやにやと続ける。

「負けた者が一枚ずつ服を脱いでいく……つまり、脱衣ポーカーってことだね」

「ふ、ふざけるな、そんなの、やるわけないだろ！」

絶叫するシオンだったが、

「ほう。いいじゃねえか。博打《ばくち》ってのはリスクあってこそだからな」

イブリスはかなり乗り気で、

「つ、つまり……私が勝ったら、シオン様が服をお脱ぎに……！　そして私が負けたら、私が合法的に服を脱いでシオン様にこの肉体をアピールできる……！　どうなろうが天国……!?　す、すごい……こんな幸福な勝負がこの世に存在したの!?」

アルシェラも変な方で乗り気になっていた。

「はいっ、五人中三人がオッケーなので、多数決でけってーい」

勝ち誇るように叫ぶフェイナだった。

「お、おい、お前ら……」

シオンが声を上げかけるも、

「えーっと、ルールはね」

フェイナはもはや話を聞いていなかった。

「マッチ棒賭けたりすると面倒臭いし長くなるから、シンプルに行こう。五人で一斉に札をオープンして、一番手が安い人が脱ぐ感じで」

「おい……」

「あー、でもそれだと勝負が冗長になっちゃうかなあ。じゃあ高い役にボーナスをつけよう。ストレートフラッシュとフォーカードは、できた瞬間一人勝ち。そいつ以外全員が二枚脱ぐこと！　そしてロイヤルストレートフラッシュは……超々大当たりってことで、そいつ以外全員が一発で全裸ね！」

「ぼ、僕はやるとは一言も……」

「面白《おもしれ》え。そういうギャンブル要素、嫌いじゃないぜ」

「うふふ。私は脱ぐ枚数を倍にしても構わないわよ？」

抗議の声は、ノリノリの三人の前にかき消されてしまう。

（……くそ。もういい。知らん）

シオンは説得を諦めた。

もはや付き合う以外、道はないのだろう。

幸い、ルールもそこまで非常識なものではない。負けた者だけが少しずつ脱いでいく流れならば、序盤は大事にはならないはずだ。

しばらく付き合った後で、なにかしら打開策を考えればいいだろう。

「……はあ。わかった。やろう」

「さっすがシー様、話がわかるぅ。じゃあ、順番にやってこうね。私はね、二枚こうかーん。じゃあ次はナギの番だよ」

「えっと」

そこでナギは、とても困ったような顔をした。

「先ほどの説明でもよくわからなかったのだが……結局このゲームは、交換する必要がないときは、どうすればいいのだ？」

その一言に――その場の全員が固まった。

「ナ、ナギ……とりあえず手札を開けてみろ」

シオンは震える声で告げる。

開かれたナギの手札を見て、全員が息を呑《の》む。

スペードの、10、J、Q、K、A。

紛《まぎ》れもない――ロイヤルストレートフラッシュだった。

「…………」

全員が絶句。

ナギだけがただ一人、きょとんと所在なげにしていた。

（や、やっぱりナギは……なにか、なにか凄《すさ》まじいものを持ってるぞ）

天運、豪運、博才……そんな言葉でしか表現しようのないなにかを持っているとしか思えなかった。

（……いや違う！　呆《ほう》けてる場合じゃない！）

フェイナが即席で作った脱衣ポーカーのルール。

ロイヤルストレートフラッシュが出た場合は――

「……ふー。よし。脱ごっか」

観念したように言った後、フェイナはしゅるりと衣服を脱ぎ始めた。

「お、おい、フェイナ」

「しゃーねーな。博打《ばくち》の負けを踏み倒すわけにもいかねえ」

無駄な律儀さを発揮したイブリスも、躊躇《ちゆうちよ》なくメイド服を脱ぎ始める。

「まったく、こんなことになるなんて……なんて幸運――いえ、不幸なことでしょう」

アルシェラは無念そうな声で言うも、口元には隠しきれない笑みがあった。

負けた三人のメイド達は、清々《すがすが》しいぐらいの勢いで服を脱いでいく。

脱がないのは、シオンだけ――

「ほら、シー様、ちゃんと脱がなきゃダメだよ」

「ふ、ふざけるな、なんで、僕が……」

「勝負を引き受けたんだから、負けたらやっぱりなし、ってのはズルいよー」

「くっ……」

言葉に詰まるシオン。

フェイナの後ろでは、イブリスがナギの手を引いていた。

「ほらナギ、勝者の特権だ。坊ちゃまを脱がしていいぞ」

「や、やめろイブリス！　ふざけるな……お屋形《やかた》様にそのような狼藉《ろうぜき》、許されるはずもないだろう……」

「じゃあアレか？　お前は坊ちゃまを……一度した約束を反故《ほご》にするような、情けねえ男にしてもいいのか？」

「なっ……」

極限の葛藤を表情に滲《にじ》ませるナギ。

そしてアルシェラが、シオンの方へとやってくる。

「シオン様……脱ぐのをお手伝いしましょうか？」

「ま、待て、アルシェラ……ていうかお前、脱ぐのが早すぎないか!? なんでもう半分以上脱ぎ終わっている!?」

「博打《ばくち》の負けは即座に支払う主義ですので」

「絶対に違うだろ！　絶対になにか別の意図があっただろ！」

「さあ、シオン様……」

「シー様、脱いで脱いで」

「坊ちゃま、ここで逃げるのは男らしくねえですよ」

「お、お屋形《やかた》様、私のせいで申し訳ありません……！　ここは責任を持って、私も一緒に脱ぎますから！」

半裸となったメイド達が、脱衣を求めてずいずいと迫ってくる。

（な、なんで僕が、こんな目に……！）

追い詰められてどうしようもなくなったシオンは、

「ああっ！　あれはなんだ!?」

古典的な手段で逃げることにした。

「え？　なになに？　なんかいたの？」

「……あっ。あれっ!?　坊ちゃまがいねえぞ！」

「まさかシオン様……『あれはなんだ!?』という声で、私達の視線を別方向に誘導し、その一瞬の隙をついて逃げ出したというの……！」

「なんという神算鬼謀……さすがはお屋形《やかた》様だ」

「感心してる場合じゃないって！　急いでシー様を追いかけないと！」

出し抜かれた四人のメイド達。

シオンは部屋を飛び出し、廊下を駆け抜ける。

「……どいつもこいつも、僕で遊ぶのもいい加減にしろ」

お決まりの台詞《せりふ》が少し弱々しかったのは、曲がりなりにも引き受けてしまった勝負の罰から逃げていることが、少し申し訳なかったからだった。

やがてメイド達もシオンを発見。

半裸の美女が少年を追い回すという、奇妙な鬼ごっこが屋敷の中で繰り広げられることとなった。

悲痛な過去を背負い、世界から爪弾《つまはじ》きにされた者達。

しかしどういうわけか、彼らは今日もとても楽しそうだった。

第一章　元勇者は本を見つける

屋敷の地下室――

五メートル四方の空間で、四隅には魔石を加工して作った柱が立っている。

そして床には――大きな魔法陣があった。

精緻かつ複雑な紋様が、所狭しと描かれている。

元々は物置として使われていた部屋を、シオンが儀式用に改造した。

普段ここは『眷属契約《けんぞく》』の儀式を行う場として活用している。

二年前――

魔王にトドメを刺した瞬間から、シオンは呪われた。

『魔王の刻印』を受けたことにより、永続的に他者の命を吸い続ける化け物となってしまった。

そんなシオンのエナジードレインに抗《あらが》う、現時点での唯一の術が『眷属契約』である。

万物の命を無差別に吸い続ける力も、しかし宿主であるシオンの命を吸うことはしない。

ならば対象をシオンに近づければ――眷属とすれば、エナジードレインを弱らせることができるのではないか。

その推論を元に実験を重ね、結果それは成功した。

定期的にメイド達に血液と魔力を注入し、互いの魔力波長を似通わせることで、呪いの作用をどうにか誤魔化《ごまか》すことができた。

しかしまだまだ完璧とは程遠い。

高位魔族である彼女達だからこそ耐えられる強引な方法であり、また定期的に血液の摂取と共に儀式を繰り返す必要もある。

この地下室は普段、その儀式のために利用されているのだが――

ここ数日ほど、シオンはこの場を――全く別のことに利用していた。

「……ふむ」

腕を組み、考え込むシオン。

視線の先にあるのは、神々しい雰囲気を纏《まと》う剣――聖剣、だった。

床に描いた魔法陣の中央に、そっと置かれている。

聖剣。

それは古来、人間の脆弱性《ぜいじゃくせい》を哀れんだ神々が、人のために作った剣。

人であれば誰もが扱える、強力無比な兵器。

大陸には様々な聖剣が存在し、その見た目や能力は聖剣ごとに異なる。各国に名が知れ渡るほど有名なものも多数存在する。

しかし。

「…………」

今目の前にある聖剣は——シオンの知らない聖剣であった。

古今東西のどの文献にも存在しない、未知の聖剣。

先日——

奴隷騒動に関《かか》わっているうちに、シオンは敵の召喚したスライムと戦うこととなった。

スライムといっても、現代に多く見られるゼリー状の小さな生物ではない。

液体状の巨体を無尽蔵に増殖させ、瘴気《しょうき》を纏《まと》いながら全てを飲み込もうとする知性なき暴食の化け物——

古《いにしえ》の魔界に存在したとされる、原初のスライムだった。

シオンはそのスライムを撃退し、そこで手にしたのが——この未知の聖剣だった。

これまで見つかってこなかった聖剣なのか。

あるいは。

新たに創造されたものなのか。

現代にはいるはずのない魔物の体内から出てきた、存在するはずのない剣——

「失礼します」

一人考え込んでいると、地下室のドアが開いた。

現れたのは、お茶と菓子の用意をしたアルシェラであった。

「シオン様、少し休憩なされてはどうですか？」

「アルシェラ……」

「ここ最近、ずっと地下室に籠もりっぱなしですし……」

「……そうだな、少し休もうか」

頷《うなず》いた後、シオンは地下室の隅にあったテーブルにつく。アルシェラはそこにカップを置き、紅茶を注ぎ始めた。

「それで、シオン様……聖剣の方は、どうでしょうか？」

「うむ……まあ、なんと言ったらいいものか」

言葉を探すシオン。

この数日、地下室に籠もったシオンが続けていたのは――聖剣の調査だった。

スライムの体内より出てきた聖剣を、あらゆる方法で調べていた。

地下室にある魔法陣は『眷属契約《けんぞく》』の儀式のために描いたものだが、少しイジれば他の使い方もできる。

剣に魔術的な負荷をかけたり、内部まで魔力を透過させて材質を把握したり――自作の魔法陣を用いた様々なアプローチを繰り返した。

未知の聖剣を、調べ尽くすために――

「結論から言ってしまえば……これは聖剣でありながら聖剣ではない」

「……?」

不思議そうな顔をするアルシェラ。

無理もない。

シオン自身もまだ全てを把握しているわけではないから、どうしても曖昧な言葉を選ぶしかなくなってしまう。

「聖剣が持つ特性には、高位魔術すらも超える秘技などがある……」

たとえば、ロガーナ王国に伝わる三つの聖剣。

質量を喰《く》らう『ザグラム』。

流れを司《つかさど》る『リッター』。

そして——距離を掌握《しょうあく》する『メルトール』。

「だがこの聖剣には……そういった特性は一切備わっていない」

「超常現象を引き起こすことができない聖剣、というわけですか」

「ああ。加えて……全ての聖剣に共通するような対魔の属性すらもない。この剣で魔族を攻撃したところで、大した効果はないだろう。普通の剣で斬るのとなにも変わらないぐらいだ」

「……規格外の秘技は使えず、対魔の属性すらもない。ではそれは……聖剣とは呼べないのではないでしょうか？」

「そうだな。この剣には、世間一般で言うところの聖剣の特徴はほとんどない……だが──使われている素材は、聖剣と同じだ」

「………………」

「いや、厳密には同じかどうかは不明なんだがな。聖剣と同じように、この大陸には存在し得ない素材ということがわかっただけだ」

神々が作ったとされる聖剣は、その素材や精製方法は現代でもまるでわかっていない。どんなに調べたところで、理解することができない。

逆に言えば。

懸命に調べてわからなければ──素材も精製方法も不明だとわかれば、逆説的にそれが聖剣である可能性は高いと言える。

「確かに……有する気配は聖剣に近いですね。聖剣としての特性がないとは言え、これがただの剣とは思えない。模倣品にしても……人間にこれほどのものを作ることは不可能でしょう。いえ、我ら魔族でも不可能なはずです」

床に置かれた聖剣を見つめながら、考え込むアルシェラ。

「だから──聖剣でありながら聖剣ではない、ということですか」

「ああ、そうだ」

「だとすれば、この剣はいったい……」

「僕が推測するに――これは、素体なのだと思う」

シオンは言った。

「素体、ですか？」

「聖剣としての特性を付与される前の状態の聖剣……だから、素体だ」

素体。

それがここ数日の研究で、シオンが導き出した結論だった。

「神が作ったと呼ばれる聖剣――仮にそれが、単なる伝説ではなく本当の話なのだとすれば……おそらく神が聖剣を作る際、どんなものを作るにしても、まずはこの素体とも呼ぶべき状態を経るのだろう」

目の前にある聖剣は、素体であり、未完成な状態なのだろう。

ここに超常現象を引き起こす特性や、対魔の効果を付与することによって、聖剣は聖剣たる力を手に入る。

「初耳ですね。聖剣に、このような状態があるなんて」

「僕も知らないことだった。これまで読んだどんな文献にも、こんな事実は載っていない。あるいは……素体の聖剣が地上にあることなど、歴史上初めてのことなのかもしれない」

「なぜそんなものが、スライムの体内から……？」

「……さあな」

曖昧に言葉を濁す。

しかし本当は——シオンの中で、一つの仮説があった。

いや。

仮説と呼べるほど立派なものではないだろう。

仮説どころか推論の域にすら達していない、妄想にも近い予想。

言うなれば、単なる直感。

（……現代にいるはずのないスライム。そして、あるはずのない素体の聖剣）

先日のシオンの身に降りかかった現象が偶然ではないとするならば——誰か絵図を描いたものがいるとするならば。

その者は——人知を超えた力を有している。

現代のいかなる魔術師であっても、どんな高位魔族であっても、原初のスライムや素体の聖剣を用意することなど不可能だろう。

（仮にあのスライムが——僕が倒すことを想定して用意されたものだとすれば）

あらゆる攻撃や魔術を無効化する原初のスライム。

周囲には戦闘力のない、守るべき者達。

そんな状況であれば——シオンは迷いなく右手の力を使う。

『真呼吸《ノーブレス》』


その手で触れた命を根こそぎに吸い尽くす、呪いの手。

あのスライムを相手取るに当たり、シオンの能力はうってつけだった。

あまりに、おあつらえ向きだった。

まるで、そのためだけに用意されたかのように。

だからシオンは――力を使う直前に、強烈な違和感を覚えた。

まるで、何者かの筋書き通りに動かされているような――

確証なき直感。

しかしシオンはその直感を信じて、策を練った。

エナジードレインを使う際、右手の手首から先を切り離した。

切り離した右手のみで力を使い、スライムの生命力を吸い尽くした。

その結果――

スライムが消えた場所には、素体となる聖剣だけが残った。

(もしも僕が、あのまま右手で倒していたなら……)

『真呼吸』の力でスライムの生命力を根こそぎ吸収したら――おそらく一緒に、素体の聖剣も一緒に吸収してしまっただろう。

今吸収してしまっている、『メルトール』と同じように。

あらゆる生命力を根こそぎに喰《く》らい尽くすエナジードレインならば、聖剣すらもその特性を塗り替えて内に取り込むことができる。

（……聖剣の吸収は、そこまで簡単なことではない。『メルトール』は僕が過去に使った経験があるからこそ、吸収できたようなものだ）

他の聖剣も同じように吸収できるかはわからない。

だが。

（素体の状態の聖剣ならば――いともたやすく吸収できるだろう）

感覚でわかる。

聖剣としての特性を持たぬ、単なる素材としての聖剣。

把握する特性がないのであれば、吸収の障害となるものが存在しない。

（あるいは――そのために素体としての聖剣が用意されたのか）

シオンが吸収しやすいように。

意識せずとも、すんなりと体内に取り込んでしまうように。

考えれば考えるほど、状況の全てがシオンに聖剣を吸収させるためだけに用意されていたような気がする。

（ノイン……）

頭に浮かぶのは、いつぞやの武闘大会で会った少年。

シオンとよく似た見た目をした、不思議な存在。

彼の仕業という確証は全くない。

だが――どうしてか、彼の顔が頭にちらつく。

直感、あるいは本能としか呼べない部分で、彼の関わりを疑ってしまう。

「……シオン様？」

思案に沈んでいると、アルシェラが不安そうにこちらの顔を覗《のぞ》き込《こ》んできた。

「あ、ああ。大丈夫だ。少し考え込んでいただけだ」

「そうですか……」

やはり不安そうなアルシェラ。

シオンは菓子を食べて、紅茶を口に運ぶ。

「ありがとう、アルシェラ。いい気晴らしになった。僕はもう少し、ここで聖剣を調べてみる」

「あまり無理はなさらないでくださいね」

「わかっている」

アルシェラが出て行き、シオンは再び聖剣と対峙《たいじ》する。

（さて。どうしたものかな）

椅子から立ち、考えを巡らせながら魔法陣の周囲を歩く。

（先ほどやった、『メルトール』との共鳴反応についてもう一度検証してみるか。今度は少し負荷を変えてみて――ん？）

シオンはそこで、あるものに目を奪われた。

地下室の隅にある、古びた本棚。

シオンの所蔵する本は大半が屋敷の書庫にあるため、ここの本棚はあまり使っていない。過去に持ち込んだ数冊が入っている程度で、ほとんど空っぽの状態だ。

気になったのはその本棚――の後ろ。

壁と棚の隙間に、なにかが落ちているようだった。

「なんだ、これは？」

手を伸ばし拾い上げてみると――それは一冊の本だった。

白い装丁の本。

隙間に落ちていたせいか、少し埃《ほこり》をかぶっている。

（……ふむ？）

見覚えのない本だった。

屋敷にある本は全て把握している。

今現在シオンが所有している本ではないし、また過去に読んだ経験がある本でもなかった。

(僕のものではないし……屋敷に以前からあったものでもなさそうだ)

シオンがこの屋敷で暮らし始めたのは、二年前。

メイド達がやってきて一緒に住みだしたのは、一年前。

それ以前からあったとすれば、もっと埃《ほこり》をかぶっていただろうし、本自体も傷んでいたことだろう。

(となれば、メイド達の誰かのものか?)

いったい誰が。

と考えながら、シオンは本をパラパラとめくり始めた。


女の白い指が若茎に絡みつく。

少年はびくりと体を震わせた。

その敏感な反応を見て、女は満足そうな笑みを浮かべた。

「うふふ。どうしたの? まだ触っただけよ」

「だ、だって、僕……こんなの、初めて」

「なにも心配いらないわ。お姉さんが……気持ちよくしてあげる」

淫猥《いんわい》な笑みを浮かべると、女は紅の引かれた口を大きく開いて、少年の肉棒を一気に——

「……う、うわああ！」

シオンは一人絶叫し、勢いよく本を閉じた。

心臓がバクバクと高鳴る。

浅い呼吸を繰り返してから、改めて本を見つめる。『淑女の手ほどき』――先ほどはなんとも思わずにスルーしてしまったタイトルが、急に生々しいものに思えた。

「こ、これは……」

震える声で、シオンは一人叫んでしまう。

「これは――エッチな本だ！」

シオン・ターレスクという少年にとって、いわゆる性的なものは——いわゆるエッチなものは……一言では語り尽くせないような難しい感情を覚えるものであった。

興味がないわけではない。

人並みの興味はある。

だが同時に「こんなことを考えてはいけない」という忌避感みたいな感情も常につきまとう。

魔術において圧倒的な天才を発揮するシオンだが、他分野においても類《たぐ》い希《まれ》なる才を発揮する。文学、医学、算術、戦術眼……そうした様々な分野に関しても造詣が深い。才能と努力で、あらゆる学問への知見を深めてきた。

となれば当然。

性的なことに関する知識も——ある。

子供がどうやってできるかなどは、医学的に理解している。

しかし当然というべきか——そういった学問的な知識と、本能的な性欲は別次元の話であった。

医学的な観点で男女の営みを考えたり、経済学の観点から性産業について考えたりすることにはなんの抵抗もない。

ところが。

ひとたび己の性欲と向き合うと、酷《ひど》い抵抗と羞恥を感じてしまう。

それが、シオンのエッチなものに対する感情。

酷く簡単に言えば――

『興味はないわけではないけど、なんだかいけないことのような気がするし、それになにより「エッチなことに興味がある」ということを人に知られるのはすごく恥ずかしい』

――という状態であり、それは言ってしまえば、どこにでもいるような思春期の少年と同じ精神状態なのであった。

「…………」

いつになく険しい顔をして、シオンは屋敷の廊下をこっそりと歩く。何度も首を回し、キョロキョロと周囲を確認していた。

その手には――さっき拾ったエッチな本があった。

背中に隠すように持ち歩いている。

(ち、違うぞ！　別に僕が読みたいわけじゃないからな！)

心の中で、一人言い訳を始めるシオン。

（あのまま捨て置かれていては、本がかわいそうだったからだ！　そう、僕は本のために行動してるんだ！）

必死に言い訳する。

（本を愛する人間として、僕は当然の行いをしているんだ。うむ。本に貴賤《きせん》はない。どんな本だろうと愛情を持って丁重に扱うべきだ。それがたとえ……エ、エッチな本であっても……）

意識するとまた恥ずかしくなり、シオンは顔を赤らめた。

まだ本は読んでいない。

が、パラパラとめくっただけで、どういうジャンルの本なのかはわかった。

速読においてはかなりのスキルを誇るシオンだが、そのスキルが完全に裏目に働いてしまった。

パラパラと見ただけで、ある程度内容は理解できてしまった。

いわゆる——官能小説というものなのだろう。

男女の営みをメインに描いた、ラブストーリー。

中にはいくつかの挿絵もあった。

その中身は……淑女が年端もいかぬ少年に性の手ほどきをするというものだった。

シオンにとっては、とても平常心では読めそうにない内容だった。

(……も、持ち主を探さねば)

本を持ってきたのは所有者を探すためだ。その者がなくして困っているならば届けてあげたかったし、なにより地下室にこんな本を置いたままにしておきたくはなかった。

あくまで持ち主を探すため。

決して自分が読むためではない。決して。

(しかし……よくよく考えてみれば、持ち主を探すだけならわざわざ持ってこなくてもよかったんじゃないのか？　万が一、こんなものを持って歩いているのを誰かに見られたら——)

「あれ？　坊ちゃま」

「う、うわあああ！」

突如声をかけられ、シオンは思い切り動揺の声を上げた。

心臓が喉から飛び出すかと思った。

呼吸を整えながら顔を上げると、そこにいたのはイブリスだった。

「ど、どうしたんですか坊ちゃま？　そんな、とんでもない声上げて？」

「イブリスか……全く、驚かせるな」

「いや、普通に声をかけただけなんですけど」

「こ、こんなところをほっつき歩いて、仕事はちゃんとしているのか？」

「してますよ、今日は比較的真面目に」

「そ、そうか。ならいいが」

「なんか変ですよ、坊ちゃま？」

「変じゃない！　全然変じゃないぞ、僕は！」

不思議そうなイブリス。

シオンは必死に平静を装うが、内心の動揺は酷《ひど》かった。

原因はもちろん、後ろ手に隠したエッチな本だ。

（ま、まずい……こんなものを持ち歩いてるのがバレたら……）

確実にからかわれる。

シオンの所有物だと勘違いされてしまう。

そうなったらなにを言われるかわかったものじゃない。

イブリスがこの本の持ち主という可能性もあるが……しかし、そうじゃなかった場合のリスクが高すぎる。

（これは、絶対に隠し通さねばならない！）

「てか坊ちゃま……さっきから後ろになに隠してるんですか？」

「んえっ!?」

決意虚《むな》しく、速攻でバレてしまった。

というか、最初からずっと怪しまれていたらしい。

「か、隠してない！　なにも隠してないぞ！」

「明らかに隠してるでしょ」

背後を覗《のぞ》き込《こ》もうとするイブリスと、それを必死に防ぐシオン。

「んー？　なんかの本ですか？」

「ほ、本じゃない！　決して本ではない！」

「いや、どう見ても本っぽいんですけど」

「……本、であることは認めよう。よし、認めてやろう」

「なんで上から目線なんですか……？　ちょっと見せてくださいよ！」

「な!?　ど、どうしてだイブリス！　お前は普段、本なんかさっぱり読まないくせに！」

「坊ちゃまがそこまで必死になって隠す本なら気になっちゃいますよ」

「くっ……ダ、ダメだ！　これだけは絶対……！」

「……あっ」

「え？」

「隙ありー」

「あっ……あああああっ」

とんでもなく初歩的な手に引っかかってしまうシオンだった。イブリスのよそ見に釣られて視線を逸《そ》らした瞬間、背後の本を奪われてしまう。

「ふぅん。へえ、これは……」

奪った本『淑女の手ほどき』をパラパラと読むイブリス。

「……っ」

絶望と羞恥のあまり、シオンは反論することも忘れて呆然《ぼうぜん》とするが――

「なるほどねえ」

イブリスは納得したような声を上げた後、

「はい、どうぞ」

と、本を返してきた。

「え……」

「じゃあ私は、仕事に戻りますんで」

「イ、イブリス……」

「大丈夫ですよ。誰にも言いませんから」

優しい微笑を浮かべた後、イブリスはくるりと踵《きびす》を返す。

「今度は見つからないように読むんですよー」

ヒラヒラと手を振りながら去って行く。

予想外の反応に、シオンは言葉を失って呆《ほう》けてしまう。

（か、からかわれなかった……？）

絶対にからかわれると思った。

エッチな本を持っていたことなんて、絶対に笑われると思った。

しかしイブリスは――なにも言わなかった。

深く追及することもなく、その場を立ち去っていく。

全てを受け入れるような微笑を浮かべて――「わかってますわかってます」と言わんばかりの態度で。

それはあるいは、女性として理想的な対応だったのかもしれない。

取り立てて騒ぎもせずにスルーする。

自前のエッチな本が見つかってしまった少年に対する反応として、最も傷が浅く済む素晴らしいものだったのかもしれない。

しかし――

「……いやいやいやっ！　待て待て待て！」

我に返ったシオンは慌ててイブリスを追いかけた。

なぜなら、盛大な勘違いをされたままだからである。

「待つんだイブリス！　お前はきっとなにかを勘違いしている！」

「なんですか坊ちゃま？　心配しなくても……誰にも言いませんって」

やれやれといった態度で、イブリスは言う。

「坊ちゃまも……一応、男ですからね。そのぐらい普通ですって。茶化《ちゃか》したりしないから安心してください」

「違う！　違うんだ！　これは僕の本じゃない！」

「はいはい。わかりました。そういうことにしときますから」

「いや違うって！　本当に本当なんだ！　生温かい目で見つめてくるな！　『わかってます』感がすごい笑みを浮かべるな！」

「そう頑張らなくていいんですよ。私は坊ちゃまの味方ですから」

「ぐっ……や、やめろぉ……！　こんなときばかり物わかりがよくなるな！　ほ、本当に違うんだぁ……」

　その後、完全に『私はわかってます』モードに入っているイブリスに真実を理解してもらうためには、結構な時間を要した。

「私のじゃないですよ。どうせアルシェラのじゃないですか？」

　真実を理解してもらった後、イブリスはそんなことを言った。

（とりあえず……あいつのものではなかったらしい）

イブリスと別れた後、シオンはまた一人廊下を歩く。

頭では持ち主の推理を続けていた。

(まあ、ナギのものではないだろう。普通に考えればアルシェラかフェイナ辺りになりそうだが……フェイナはまだ、イマイチ人間の文字が読めない)

となれば——消去法でアルシェラ一択となる。

(……とっとと届けてしまおう。そうしないと、また面倒な事態に陥る恐れが——)

「あれー? シー様、なに持ってるの? 見して貸して触らして」

悪い予感が大的中。

どこからともなく現れたフェイナが、シオンが持っていたエッチな本を許可もなく手に取ってしまった。

「えっ……なっ」

「なにこれ?」

「それ、は……」

「また難しい本?」

「……そ、そうだっ。難しい本だっ!」

シオンは必死に嘘《うそ》をついた。

「いつも僕が読んでる、ごく普通の、難しい本だ」

「ふぅん？　その割にはなんか大事そうに持ってたよね？」

「だ、大事そうには持っていない！　普通だ、普通！」

決して見つからないようにと頑張って後ろ手に持って運んでいたが、傍《はた》から見れば不自然以外のなにものでもなかったらしい。

「と、とにかく返せ。それは……難しい本だぞ？　お前が読んでもちっとも楽しくないだろう」

「えー？　変なの？　シー様普段は『たまにはお前も本を読め。字なら僕が教えてやる』とか言うのに」

「……か、考えが変わったんだ。誰にでも向き不向きというものがあるだろう。お前はお前らしく生きてくれれば、それでいいと思い始めた……」

「ふーん。なーんか怪しいなあ」

「いいから返せ。僕の本を早く返せ」

「やだぷー。なんか怪しいから中身チェックー」

「なっ⁉」

制止の声をかけようにも、間に合わない。

フェイナは本を開いて中を読み始めた。

彼女は人間の文字を理解できないが、しかし『淑女の手ほどき』には挿絵が存在する。

文字が読めずともある程度内容は把握できるだろう。

「むむっ⁉」

本を開いたフェイナは、一瞬だけ驚いた顔をしたが、

「……へぇー。へぇ～～」

すぐに喜色満面といった笑みを浮かべた。

「うわー、うっわーっ！　これ、エッチな本だぁーっ！」

「……っ」

「きゃーっ！　シー様がエッチな本読んでるぅ！　だから一生懸命隠してたんだ！　ふぅん、シー様もやっぱり、こういうのに興味あるんだねー！」

全力で。

これ以上ないぐらいに全力で、フェイナはからかってきた。

思春期の少年が持つエッチな本への対応として完璧だったイブリスとは対照的な……考え得る限り最悪の対応であった。

「……ち、違う。それは僕の本じゃない」

「またまた、言い訳しちゃって。男らしくないぞ」

「本当のことだ！　それは僕のじゃない！」

「だってさっき自分で言ってたじゃん。僕がいつも読んでる難しい本だって」

「それ、は……」

「ふぅん、シー様ってばいっつもこういう本読んでたんだ。あはは。ある意味難しい本なのかもねー」

「……っ」

「あっ。もしかしていつも、私の前ではこういう本読んでたの？　私が字を読めないってわかってるから油断して？　そういうプレイ？　うっわー、シー様ってば、超変態さんじゃーん！」

「……お、お前な」

いつになく饒舌《じょうぜつ》となって小馬鹿にし続けるフェイナ。

（クソぉ……ど、どうすればいいんだ？）

この調子では、どれだけ弁解しても無駄だろう。照れ隠しと思われて相手にされない可能性が高い。どうすれば。

シオンが打開策を必死に練っていると——

「あっ。ナギだ。ねえねえ、ナギ。こっち来てよ」

最悪と思われた状況は、さらに悪くなった。

偶然近くを通りかかったナギを、フェイナがわざわざ呼びつけたのだ。

「なんだフェイナ？　どうかしたのか？　おや、お屋形《やかた》様も……」

「へへー。ナギ、見てみて、これ」

「お、おい……」

またも制止は間に合わない。

フェイナは挿絵が描かれたページを両手で広げ、ナギに手渡した。

開かれた状態の本を受け取ったナギはそのまま視線を落とし――そして顔をみるみる赤くさせていった。

「なっ……ななっ⁉」

言葉にならぬ叫びを上げながら、勢いよく本を閉じるナギ。

「フェ、フェイナ！　なんだこれは⁉」

「えっとね、エッチな本！」

「こ、この痴れ者《しもの》が！　白昼堂々なにを見せてくれる⁉」

真っ赤な顔で叫んだ後に、ちらりとシオンを見やる。

「……まさか、こんな破廉恥な書物をお屋形《やかた》様に見せつけて嫌がらせをしていたのか？

貴様……恥を知れ！」

「ちっちっち。違うんだなあ」

羞恥と憤怒の形相で叫ぶナギに、フェイナは軽く指を振った。

「この本は、シー様のものだよ」

「ふざけるな。そんな嘘《うそ》を信じると思うか？」

「嘘じゃないもーん。シー様が隠し持ってるところを私が発見したんだよ。ねー、シー様」

「ふん、そんな戯言《たわごと》を真に受けるとでも――」

「た、確かに僕が持ち歩いていたのは本当だ」

「……え!?」

ナギはギョッと目を見開いた。

「ほ、本当なのですか、お屋形様」

「……本当だ。でも」

「そ、そんな……」

シオンの言葉が終わるのも待たずに、ナギはその場に崩れた。

「お、お、お屋形様が、こんな破廉恥な書物を……」

「待て、ナギ……僕の話をちゃんと最後まで――」

「――ナギ。そういうのよくないと思うよ」

またもシオンの言葉は遮られる。

フェイナが半ば呆《あき》れたような視線で、ナギを見下ろしていた。

「シー様がエッチな本持ってたって別にいいじゃん。そんな風に思い切りショック受けちゃったら、シー様がかわいそうだよ」

「し、しかし……だな。お屋形《やかた》様は高邁《こうまい》にして才気煥発《さいきかんぱつ》なる偉大な傑物であり、このような低俗な書物に現《うつつ》を抜かすようなこと、あるはずが――」

「それは決めつけでしょ?」

フェイナは言う。

「ナギってさ、シー様に自分の理想を押しつけてるんじゃないの?」

「な、なんだと……!?」

愕然《がくぜん》とするナギ。

「……だから、僕の話を――」

シオンが声を上げるも、またも無視される。

「一方的に『こうあるべき』って決めつけて、勝手に崇《あが》めて奉って、清廉潔白な人間性を求めて――そういうのって、なんか虚《むな》しくない? ナギはシー様を見てないんだよ」

「……わ、私がお屋形様を見ていない!?」

「自分にとって都合のいい上辺だけを見て、ちょっと嫌な内面を見たら『そんなはずはない』って否定する……相手を尊敬してるって言えばいい風に聞こえるけど、結局理解を放棄してるだけなんじゃないのかな?」

「……っ」

「ふ、二人だけで会話するな。僕を――」

「シー様は強くて賢くて天才で、そりゃもうとんでもなく偉大な傑物なのかもしれないけど……でも、天才で傑物である前に、一人の男の子でもあるんだよ？　エッチな本に興味があるのなんて、当然のことなんだよ」

「私は、私は……」

「おい……だから、お前ら、僕の話を――」

「まあまあナギ。そう落ち込まないで」

「フェイナ……」

「誰にだって間違いはあるんだからさ。ちょっと盲信気味だったかもしれないけど、シー様を思うがゆえの神聖視であることには間違いないんだから、全部を否定することはないと思うよ」

「…………」

「これからちょっとずつ、変わっていけばいいんじゃないかな？」

「……そう、だな。ありがとうフェイナ」

深い絶望に沈んでいたナギの表情に、わずかな光明が差す。

手に持ったままだった『淑女の手ほどき』に視線を落とすと、再び羞恥で顔を真っ赤にしてしまうが――しかし目を背けることはなく、しっかりと本を強く握りしめた。

そしてシオンの前に跪《ひざまず》き、本を高く掲げる。

「お屋形様《やかた》、私が間違っておりました……。この……エ、エッチな書物、しっかりとご堪能くださいませ！」

跪いたまま叫ぶナギ。

うんうんと納得の笑みを浮かべるフェイナ。

シオンはそんな二人を前にして、大きく息を吸ってから、

「……お前ら、僕の話を聞けぇぇええええ！」

と大声で叫んだ。

「私のじゃないよー。どうせアルシェラのじゃない？」

「私のものでもありません。おそらくアルシェラのものでしょう」

二人にどうにか真実を理解してもらった後は、それぞれからイブリスと似たような反応が返ってきた。

出会ったメイド、三人が三人とも、アルシェラのものではないかと予想を述べた。

（……まあ、そうだろうな）

シオンにしても、きっと彼女のものだろうとは思っていた。

思ってはいたが……だからと言って全員が全員、迷いもせずにその結論に至ったことを

思うと、なんとも言えない気持ちとなる。

そして事実――

『淑女の手ほどき』は、アルシェラのものだった。

「えええっ⁉　シ、シオン様がどうしてその本を……⁉」

彼女がいた玄関の方へと向かい、本の表紙を見せると、そんなわかりやすい反応が返ってきた。

（やっぱりか）

特になんの捻《ひね》りもオチもなく、ごくごく普通に、大方の予想通りに、アルシェラの所有物であったらしい。

「い、いったい、どこにそれが……？」

「地下室の本棚の陰に落ちていた」

「そんなところに……ああ、そうか。この間、新しい隠し場所を模索していたときに、うっかり落として――」

「アルシェラのものなのか？」

「……えっと」

あまりにわかりやすく狼狽《うろた》えていたアルシェラだったが、

「い、いいえ……し、知りませんね」

最後の最後で、彼女は誤魔化《ごまか》しに走った。

(……すごいな)

シオンは逆に感心してしまう。

ここから誤魔化し通すつもりなのか、と。

「み、見たこともありませんね。そんなエッチな本は」

「…………」

なぜエッチな本だとわかる？　と突っ込みたかった。

「だいたい、その手の内容は私の趣味ではないですから」

「…………」

なぜ内容がわかる？　と突っ込みたかった。

「タイトルからてっきり純愛ものかと思っていたのですが、最後の方で汚い男が大量に出てくるという許されざる展開があったのです……！　絶対にありえないです、そんな展開は！　まあ……序盤中盤は文句なしのクオリティなので、何度か読み返したりはするのですが……」

「…………」

お前本当に誤魔化すつもりあるのか？　と突っ込みたかった。

「えっと、えっと、だから、その……」

顔を赤らめ、動揺を露《あら》わにするアルシェラ。

対するシオンは、逆にすごく冷静な状態だった。

（なんだろうな……）

さっきまで、エッチな本のせいで他の三人と一悶着《ひともんちゃく》あったせいだろうか。

今のアルシェラの動揺や羞恥が、手に取るようにわかる。

（さっきまでの僕も、こんな感じだったのだろうか）

自分の本ではなかったけれど、『自分の持っているエッチな本が人に見つかる』という
シチュエーションは、本当に恥ずかしいものだった。

今のアルシェラと同じように大いに焦り、狼狽《うろた》えていたことだろう。

そう考えると、どうしても感情移入してしまう。

同情し、情けをかけたくなってしまう。

「……そうか。お前の本ではなかったか」

一つ息を吐《つ》いた後、シオンは言った。

「ではアルシェラ——お前が処分しておいてくれ」

「え……？」

「誰のものかわからぬ不気味な本など、読みたくもないし、手元に置いておきたくもない。

お前の方で捨てておいてくれると助かる」

「……か、かしこまりました」

「では」

『淑女の手ほどき』を押しつけるように渡し、シオンはその場を去る。

相手のものだとは気づいていないフリをしつつ、相手に捨てるように頼む。

加えて、内容すらも把握していないことを暗にアピール。

深い言及は避け、口調も全体的にあっさりと。

様々な経験を経たせいなのか――エッチな本が見つかった者が他者からどうされたくないのか、そしてどうして欲しいのかが、手に取るようにわかってしまった。

それは思春期の少年として、一つの立派な成長――

（……嬉《うれ》しくない成長だな）

内心で突っ込むシオンだった。

第三章

元勇者は着替えをする

「ふんふーん。今日はなにを買おっかなー」

「余計なものは買わないわよ。必要なものだけ」

「わかってるって。アルシェラはいちいち口うるさいなあ」

「誰のせいだと思ってるのよ……」

頬《ほお》を膨らますフェイナと呆《あき》れた息を吐《つ》くアルシェラだった。

二人は買い出しのために、屋敷から街へとやってきていた。

ビステア。

ロガーナ王国西方、エルト地方にある街の一つ。

西の国境が近いこともあり、物資や人の流れが盛んなにぎやかな街である。この辺りでは最も栄えた街となるだろう。

普段メイド達が買い物をするときも、この街で済ませることが多い。

しかし。

ここ最近まで、メイド達はビステアに来ることを控えていた。

理由は——二月前に開かれた武闘大会。

大会の途中で暴れ始めたテロリスト達を、シオン達は撃退した。

シオンとアルシェラは敵の本拠地へと乗り込み戦ったが、他の三人は街に残り、市民を守るために戦った。

その際、少しばかり目立ってしまったのだ。

麗しい美女達がテロリストを倒して回ったと、新聞記事にまでなってしまった。もっとも、似顔絵が掲載されたわけではないし、記事内容も『彼女達は勇者レビウスが秘密裏に鍛えていた部下に違いない』という、真相からはかけ離れたものだったが。

メイド達の正体がバレたという可能性は、極めて低い。

しかしこれから先も今の屋敷で暮らしていくことを考えると、不必要に目立つことは避けた方がいい。

五人で話し合った結果、念には念を入れて、しばらくはビステアの街へ足を運ぶことは控えようということになった。

そんな風に始まった自粛生活だが——二ヶ月程度が過ぎてから、自粛を解くこととした。

メイド達の何人かがビステアに足を運んでも、変に注目を集めることはない。噂《うわさ》は完全に風化したと思われる。もしくは最初から大した噂にもなっていなかったのかもしれない。

かくしてメイド達は、ビステアの街で買い物ができるという普段通りの日常を取り戻したのだった。

「はあー、相変わらず人が多いなあ」

大勢の人でごった返す、ビステアの市場。

フェイナは周囲を見回して目を輝かせた。

「あまり一人で先に行かないのよ、フェイナ」

一人駆け足で進もうとする彼女を、アルシェラが呆《あき》れた声で制する。

「はぐれたら面倒でしょう？」

「もう、子供扱いして」

「だったらもう少し落ち着きなさい」

「はぐれたくないなら、手でも繋《つな》ぐ？」

「嫌よ」

「あはは。私も絶対に嫌だ」

二人は人混みを縫うようにして市場を進んで行く。

「あー、見てみてアルシェラ。めっちゃ美味《おい》しそうなリンゴがある！　買っていい？」

「ダメよ。今日は果物を買う予定はないの」

「あっ、こっち見て！　すっごい変な虫が売ってる！　買っていい？」

「いいわけないでしょう。なんですっごい変な虫を買うのよ？」

「ああっ！　すっごい美少年が売ってるよアルシェラ！」

「……嘘《うそ》をつくならもう少しマシな嘘をつきなさい」

「ちっ。バレたか」

「…………ていうか、なんでそんな嘘をついたの？　その嘘なら私が食いつくと思ったの？　そう思われているのなら大変心外なのだけど」

「え？　アルシェラって美少年大好きなんじゃないの？」

「全然違うわよ。私はそんな安い趣味をした女じゃないわ。私が心酔し敬愛しているのは、この世でシオン様ただ一人……。シオン様以外になびくことなどありえないわね」

「ふーん。美少年が出てくるエッチな本は読むくせに」

「ぶっ!?」

　うっとりとして語っていたアルシェラだが、フェイナがなにげなく吐いた一言で大いに動揺して盛大に噴き出した。

「な、なんであなたが、それを……」

「まあいろいろありまして」

「……っ」

「でもさアルシェラ、私が好きなのはシオン様一人だけ～、みたいなこと言ってるくせに、エッチな本は楽しんじゃってるんじゃん。本の中の美少年を楽しんじゃってるんじゃん。それは浮気じゃないの？」

「……ちが、違うわよ。全然違うわ。それはそれ、これはこれなのよ……」

必死になって言い訳を始めるアルシェラ。

「つまりね、虚構はあくまで虚構であり、虚構として楽しむものであって、現実とは無関係なことなのよ。虚構の中で別の美少年を楽しんだところでそれを浮気と責めるのはあまりに非情なことだと思うし……そ、そもそも私の場合は、その美少年とシオン様を重ね合わせて楽しんでいる部分もあるわけだから、浮気どころかむしろ愛を深める行為だとも言えるわけで——」

「あー、まあ、どうでもいいけどさー」

全力の言い訳をあっさりと流し、

「そんなに面白いなら、今度貸してよ」

とフェイナは続けた。

「え？」

アルシェラは目を見開いて仰天する。

「ダメ？」

「ダ、ダメってわけじゃ……」

困り果てるアルシェラ。

エッチな本の貸し借り——そもそも人間の文字や文化に疎いフェイナは、それがどれだけ難易度の高いことなのかまるで理解していない様子だった。

「ていうかあなた……そもそも人間の文字が読めないんだから、借りたって仕方がないでしょう？」

「ああ、そっか。じゃあアルシェラに読んでもらうしかないね」

「それは絶対に嫌！」

自前のエッチな本を、人前で朗読。

それはいったい、なんの拷問なのだろうか？

「ぶー、アルシェラのケチー」

「ケチとかじゃなくて……」

そんなどうでもいい会話をしながら、二人は買い物を続ける。

食材や日用品の買い出し。

フェイナは興味を引かれるものや、なにか新しいものを見つけると一人歩いて行こうとするが、それを毎回アルシェラが止める。

アルシェラ達が屋敷で暮らし始めてから——一年と少し。

人間社会での生活にはだいぶ慣れてきた。いつも買い出しに来ているビステアの街には、馴染《なじ》みの店ができはじめている。

「あら、アルちゃん、フェイちゃん」

二人に声をかけてきたのは、白いエプロンをかけた恰幅《かっぷく》のいい女性だった。

精肉店の中から顔を出し、愛想のいい笑みを向けてくる。

「ご無沙汰してます、チッタさん」

「チッタおばさん、久しぶりー」

二人も慣れた様子で挨拶を返す。

チッタは、アルシェラ達がよく利用する精肉店の女性だ。

夫婦で精肉店を営んでおり、この辺りでは一番良質な肉を取り扱っている。

「本当に久しぶりだね。最近見なかったけど、どうしたんだい？」

「少し旅行に出ていまして」

「はー、なるほどねえ、やっぱりお金持ちは違うねえ」

疑うこともなく納得の頷《うなず》きを見せるチッタ。

ちなみに。

アルシェラもフェイナも、人里では本当の名は名乗っていない。

名を問われた場合は、偽名で通すようにしている。

アルシャラは、アル。

フェイナは、フェイ。

悪名高き魔王軍幹部——『四天女王《レディストピア》』。

人間に化けた今ならば、見た目で正体がバレる可能性は薄いだろうが、しかし名前を名乗ってはいらぬ混乱を招く恐れがある。

「久しぶりに来たんだ、サービスするからたくさん買ってってくれよ。今日はね、豚のいいのが入ってるんだよ」

チッタに誘われ、二人は精肉店の中に入る。

店内に多く並ぶのは、ソーセージやベーコンといった保存の利く肉。一部には生肉も並んでおり、頼めば奥にいる主人が肉を切り分けてくれる。

チッタの営業トークやアルシェラの目利き、そしてフェイナの鼻など、様々な要素を考慮しつつ、二人は買う肉を決めた。

「はい、毎度あり。また来ておくれよ」

「ああっ、そうだ」

会計を済ませ、店から出ようとするが、
ふとチッタに呼び止められる。

「あんた達、これからちょっと時間あるかい？　ちょっと頼みたいことがあるんだけど」

「頼みたいこと？」

「私らに？」

問い返す二人に、チッタは言う。

「うちの旦那の知り合いが……今困ったことになってってね。もしよかったらでいいんだけど、あんたらにどうにかして欲しいと思って。あんたらぐらいのべっぴんさんだったら、ちょうどいいと思うし……。実はね——」

チッタは滔々《とうとう》と語り出す。

結論から言ってしまえば——二人はその頼みを聞いた。

大した頼みではなかったし、チッタの夫は街の組合などでも力を持つ人物だ。ここで恩を売っておけば、今後の生活になにかしら恩恵があると判断した。

用事自体はすぐに終わって、二人は屋敷へと帰る。

しかしチッタからの頼まれごとは——後に屋敷で起こる一騒動に、少しばかり関係することになるのだった。

始まりは——なにげない会話だった。

「あれ。坊ちゃま」

屋敷の廊下——

通りかかったイブリスが、シオンへと声をかけた。

「その服、破れてないですか?」

「む……？」

イブリスはシャツの肩部分を指す。

見れば確かに、肩口が少し破れていた。

「本当だ。どこかで引っかけたかな？」

「脱いでください。縫っときますよ。アルシェラかナギが」

「……自分でやる気はサラサラないんだな」

呆《あき》れつつも、シオンはシャツを脱いで渡した。

「しかしアレですよねー。坊ちゃまっていっつも同じような服着てますよね」

受け取ったシャツを畳みつつ、イブリスは言った。

「……お前達に『いつも同じような服』とは言われたくないぞ」

「いやいや、私らはいいんですよ。メイドは毎日同じようなメイド服を着るもんですから」

「……お前達の服をメイド服といっていいかは難しいところだがな」

四人のメイド服……っぽい服は、各自で調達したものだ。

当初はアルシェラが全員分を用意するはずだったが……自分の分だけ『胸の中心に穴が空いている』というとんでもないデザインのものを特注で仕立て上げてきたため、もはや統一感や格式にこだわる空気はなくなった。

各々が勝手に好きな服を用意することとなり、そして現在に至る。

彼女達なりにそれぞれこだわりがある服なようで、同じ服が何着もあってそれを交換で着回している。

「メイドはメイド服を着るものですけど、坊ちゃまは別になに着たっていいわけでしょう？　それなのに、服が割とワンパターンじゃないですか？」

「僕が着る服はアルシェラに選んでもらっているからな。あいつなりのこだわりがあるんだろう」

「あー、だから半ズボンばっかなんでしたっけ？」

「……まあ、そうだ」

否定したかったができなかった。

アルシェラの選んでくれる服は、基本的にはいいものばかりだ。

清潔感のある白いシャツと、シックな雰囲気のベスト。

格式張った衣装でありながらも随所に遊び心があり、それでいて動きやすい素材で作られている。

ファッションに疎いシオンでも、なんとなくセンスのよさが伝わってくる。

値段もそこまで高いものではないため、全体的に文句のつけようがない。

ただ一つだけ、文句というほどでもない悩みがある。

それは……下がほぼ半ズボンということ。

（前にそんな話になったとき、『今度からは長ズボンも用意します』という話で落ち着いたような気もしたんだが……結局あまり変わらなかったな）

あれから増えた長ズボンは一着だけ。

アルシェラのコーディネートは、相も変わらず半ズボン中心だった。

「まあ……僕はあまりファッションに興味がないからな。選んでもらえるだけありがたい」

「ふーん。そうですか」

「まあ、とは言え……たまには他の格好もしてみたいという気持ちも、なくはないけどな」

「なくはないんですね」

「うむ。なくはない程度だ」

軽く溜息《ためいき》を吐《つ》きつつ、

「そうだイブリス」

ふと思いついてシオンは言う。

「今度気が向いたときにでも、お前が僕の服を選んできてくれないか？」

「私が？」

「ああ。アルシェラに任せっぱなしなのも悪いからな。ただでさえあいつは仕事を抱え込みすぎなのに、僕の服選びなんていうどうでもいい雑務を任せてしまっていて少し心苦しかったところだ」

「いや、あいつは絶対、自分が好きで坊ちゃまの服を……」

「ん？」

「あー……いやー、んー、なんでもないです。説明が面倒くさいんで」

なにかを言いかけつつも、途中で首を振るイブリス。

「ふむ？　まあ、いいが」

「とりあえずわかりました。今度適当に選んでみます」

「頼む。急ぎではないから、本当に気が向いたときでいいぞ」

「うぃーっす」

そんなやり取りをして、二人は別れる。

始まりは――そんななにげない会話だった。


まずは、イブリスからフェイナ。

「えーっ⁉　シー様の服を選ぶように頼まれたの⁉」

話を聞いたフェイナは、すごく悔しそうな反応をした。

「なんで⁉　なんでイブリスなの⁉」

「さあな。別に理由なんてないんじゃねえか？　たまたま私が通りかかっただけで」

「いいないいなー。私もシー様の服選びたーい！　コーディネートしたーい！」

「やりゃあいいじゃねえか」

「やりたくてもできないの！　その辺はアルシェラが仕切ってるからね。『シオン様の服を選ぶのはメイド長である私の仕事よ』とか言ってさ。全然口出しさせてくれないじゃん」

「あー、そういや言ってたなあ、そんなこと」

「職権乱用だよね。私が何回か頼んでも『ダメよ。あなた、絶対に変な服を着せるでしょ。シオン様はあなたの着せ替え人形じゃないのよ』とか言ってさ」

「そんなこと言われてたのか、お前……」

「酷《ひど》いよね！　シー様を着せ替え人形にしてなにが悪いっていうの！」

「その反応を見る限り、あいつのお前への注意は的を射《い》てたんだと思うよ」

　憤慨するフェイナに、軽く肩をすくめるイブリスだった。

「まあ、なんだかんだアルシェラはシー様に似合う服選んでたから、私もなにも言わなかったけどさー。でも……実はアルシェラって、なにげに趣味の服も買って着せてるよね？」

「うん？」

「こないだの武闘大会でシー様が着てた、女モノの服……あれって確か、アルシェラの私物でしょ!?」

「あー、なんかそんな話だったたな」

ビステアで行われた武闘大会。

かつて『神童』として名を馳《は》せたシオンは、万が一にも正体がバレることがないよう、別人に変装して大会に参加する運びとなった。

そのときに用いた衣装が——アルシェラが用意していた、明らかに女児向けの衣装である。

「ズルくない!? 人に『主人を着せ替え人形にするな』みたいなこと言っといて、自分だけ趣味を押しつけた服着せてたんだよ! ズルいよね!」

「まあズルいっちゃズルいな」

「今までは大人しくアルシェラの命令に従って自重してたけどさ……シー様が命令したってんなら話は変わるよね!」

「……ん? 命令?」

「命令でしょ。だってイブリスに服を買ってこいって言ったんでしょ? これはつまり……アルシェラのコーディネートにシー様は不満があるってことだよ! そうだよね?」

「んー……まあ、そうとも言えるのか? 不満が、ないわけではなさそうだし……」

「そうだよ、そうに決まってる! ふっふっふ。これまではアルシェラの管理下だったから手出しはできなかったけど、シー様が命令したなら話は別。シー様の命令はメイド長の命令よりはるかに優先度が高いからね」

「……別にお前が命令されたわけじゃないだろ」

「なに言ってるの？　さっきイブリスも言ってたでしょ？　『たまたま私が通りかかっただけ』って。ってことは、アルシェラ以外なら誰でもよかった……つまり私でもよかったってことになる！」

「……んー。まあ、そうか。そういう理屈になるか」

「でしょ！　よっしゃ。こうしちゃいられない。今こそシー様のファッション関係におけるアルシェラの独裁権を強奪する好機……！」

「……まあ、好きにしたらいいんじゃねえか」

　そんなやり取りをして、二人は別れる。

　説明の全てを面倒臭がるイブリスと、全てを自分にとって都合のいいように解釈するフェイナによって、話は少しねじ曲がった。

　次は、フェイナからナギ。

「なに!?　お屋形《やかた》様が新たなお召し物を欲しているだと!?」

　話を聞いたナギは驚きを露《あら》わにした。

「そうそう、そうなんだよ、ナギ」

「だが、お屋形《やかた》様の服はアルシェラの管轄では……？」

「それがさぁ……どうもシー様、アルシェラのチョイスに不満があるみたいで」

「なに？　それは本当か？」

「うん、確かな筋の情報」

「そうだったのか……」

「だから、たまには私達に服を選んで欲しいんだって」

「お屋形様がそう言ったのか？」

「……言った、とは言い切れないけど……言ってないとも言い切れないのかもしれない」

「どっちなんだ……？」

「実質言ったようなもの」

「じ、実質……」

「私とイブリスはもうやるって決めたからさ、ナギも一緒にやろうよ」

「私もか？」

「うん、人数が多い方が万が一怒られたときに罪が分散……じゃなくて、こういうイベントはみんなで楽しまないとさ」

「いや、私は別に……」

「ナギだってさ——実は、あるんじゃないの？　シー様に着て欲しい服？」

「う……」

　言葉に詰まるナギに、フェイナは意地の悪い笑みを浮かべて続ける。

「口には出さないけど……いろいろあるよね、着せてみたい服。絶対あるよ。ないわけがないんだよ」

「うう……し、しかし、そんな勝手が許されるはずがないだろう。命じられたわけでもないのに、勝手にお召し物を選ぶなど……」

「だから命令はあったんだって。実質命令があったようなもの」

「実質……」

「ねえナギ。そもそもさ——ただ黙って命令を聞くことだけが、本当に優れた家臣なの？」

「なっ」

「本当に主人のことを思うなら、時には相手の意図を汲《く》んで自主的に動くことも大事なんじゃないの？　命令がなくても『きっとこんな命令しそうだなあ』ってのを察知して、先んじて動くのが優れた家臣じゃないの？」

「わ、私は……」

「まあ無理にとは言わないけどね。ナギが命令以外じゃ動けないっていうなら、無理強いはしないし。でもシー様は、私達にそういう形での忠誠は求めてないと思うけどなー」

「——っ!?」

どこか呆《あき》れたような指摘に、ナギはハッと顔を上げた。

「私達は忠誠を誓った配下でありながらも、自分で考えて自分で行動する自立した存在じゃないといけない。私はシー様の、そういうメイドでありたい」

「……き、貴様の言う通りだ、フェイナ！」

感動した口調で言い放つナギ。

「本当の忠臣とは、命令がなくとも主君のためを思って行動すべき！　主君がお召し物で悩んでいられるのであれば……命じられる前に用意すべきだ。それなのに私は……『私の趣味を押しつけてしまっては、迷惑になってしまうのではないか』と考えてしまった。そんな言い訳で己の怠惰を肯定していた……」

「うんうん、いいんだよ。ナギ。わかればいいんだよ」

「此度《こたび》のイベント、私もぜひ参加させてもらおう」

そんなやり取りをして、二人は別れる。

自分にとって都合のいいことばかりを言うフェイナと、人の話を真に受けやすいナギによって、話はまた少しねじ曲がった。


次は、ナギからアルシェラ。

「ええっ!?　みんなでシオン様の服を選ぶ!?」

話を聞いたアルシェラは愕然《がくぜん》とした。

「ど、どうして、そんなことが……？」

「なにやらそのような催し物があるらしいぞ」

「そんな……シオン様は、なんとおっしゃっているの？」

「どうやらシオン様の発案らしい」

「ほ、本当に？」

「本当だとも言えるし、そうでないとも言える」

「……え？　ど、どっちなの？」

「アルシェラよ。ただ黙って命令に従うだけが、忠臣のあり方ではないのだぞ？　主君の心情を察し、命じられるまでもなく自主的に動いてこそ、真の家臣と言えるのではなかろうか？」

毅然《きぜん》とした態度で言い放つナギ。

アルシェラは表情に特大の疑問符を浮かべた。

「……ま、まあいいわ。でも、どうしてこんなことを……？」

「お屋形《やかた》様のことだ。きっと深いお考えがあってのことなのだろう」

「でも、シオン様の服は、これまでずっと私が選んできたのに……」

「だからこそ、今回はお前を除いた三人で服を選ぶという話になりつつある」

「くっ……それが、シオン様の意思なの……？」

「意思、だとも言えるし、そうでないとも言える。まあ、実質そのようなものだ」

「実質……。そう……」

アルシェラの瞳には深い絶望と悲しみが浮かぶが、しかしその口の端には全てを受け入れたような自嘲の笑みがあった。

「ならば、仕方がないわね。それがシオン様のご意思であるならば、私はただ従うのみ……」

「アルシェラ――お前はそれでいいのか？」

「え？」

「本当ならお前には内緒で、三人で密《ひそ》やかに話を進める予定だった。しかし、なんというか……それではフェアではないと思ったのだ。だから私の独断で、こうして報告に参った次第だ」

「ナギ……」

「アルシェラよ。お前もいろいろ思うところがあるだろう。なればこそ、今ここで正々堂々と競ってみないか？　お前が『自分の服選びに絶対の自信がある』というのであれば、我らと戦ってそれを証明してみせればいい。無論、私も負けるつもりはないがな」

「……ふっ。ふふふ」

絶望が色濃かったアルシェラの表情に、希望の光が差した。

「ナギ。あなたって本当に損な性格をしているわね」

「損得勘定で生きてはいないのでな」

「いいわ。メイド長の特権で服を選んでいたと思われるのも心外だからね。存分に戦いましょう」

「いいだろう。いざ尋常に勝負だ」

そんなやり取りをして、二人は別れる。

律儀で思い込みが激しいナギと、他の二人の言うことならともかくナギの言うことならば間違いはないだろうと思ってしまったアルシェラにより、話は結構ねじ曲がった。

そしてアルシェラから、再びイブリスへと。

「ええっ!?　坊ちゃまの服選び大会が開かれる!?」

イブリスは意味不明といった顔つきとなる。

「なんでそんな面倒なイベントが……？」

「全てはシオン様の意思よ」

「坊ちゃまがそんなことを……？」

「言ったとも言えるし、言ってないとも言えるわ」

「……どっちだよ」

「あなたも参加するのでしょう？　イブリス」

「え？　なんで私が？」

「あなたは参加するって聞いたけれど」

「一言も言ってねえぞ、そんなこと……」

「ふうん？　まあいいわ。どっちにしろ全員参加らしいから、あなたもちゃんと参加しなさい」

「…………」

「優勝者には、なにやら特別ボーナスが出るとの噂《うわさ》もあるわ」

「特別ボーナス……へえ。景品があるならちと気合いが入るな」

「私は景品なんていらないと思うのだけれどね。シオン様に自分が選んだ服を着ていただけるなんて、これ以上の名誉はないのだから」

「ほう。じゃあアルシェラが優勝した場合、景品は私がもらってもいいってことだな」

「……それとこれとは話が別よ」

「なんだよ。つまんねえな。でもなんだろうなあ、景品。こんだけ大がかりなことするんだから、相当いいものなんだろうなあ」

そんなやり取りをして、二人は別れる。

その後イブリスは再びフェイナのところで話をし、さらにその後でフェイナはナギのところへ向かい――そんな伝言ゲームが繰り返された結果、話はどんどんとんでもない方向へとねじ曲がっていった。

数日後――

「えーっ、それでは記念すべき第一回『ご主人様の服選び大会』、始めるよーっ！」

屋敷の一室にて、変なイベントが始まった。

フェイナが高らかに宣言すると、他の三人も歓声に似た叫びを上げる。

そして部屋の隅っこの席に座らされたシオンは、まるで事態が飲み込めないまま愕然《がくぜん》としていた。

（……ど、どうしてこうなった……？）

まるで意味がわからない。

なにがどうしてこうなったのか、さっぱりわからない。

混乱の極致となるシオンを無視して、フェイナは司会者っぽいノリを続ける。

「ルールは超簡単！　各自が用意した服をこの大会の主催者であるシー様にプレゼンして、そこで優劣を判断してもらう」

（……ぼ、僕が主催者？）

困惑するシオン。

「そしてシー様が一番気に入った服を提案できた者が、優勝」

（……ぼ、僕が選ぶのか!?）

愕然《がくぜん》とするシオン。

「優勝者にはなんと、金一封と、特別休暇と、シー様との日帰り温泉旅行をプレゼント！みんな、優勝したいかーっ！」

「「「おーっ！」」」

「景品多くないか!?」

とうとう声に出して突っ込むシオンだった。

「ま、待て……ちょっと待てお前ら……まるで状況が飲み込めないんだが」

「もー、どうしたの、シー様。せっかく盛り上がってたのに」

「これは……なんだ？」

シオンは根本的な問いを放った。

しかし四人全員が、きょとんと首を傾《かし》げた。

代表してアルシェラが口を開く。

「なんだ、と申されますと？」

「いやだから……なんなんだこれは？　このイベントはなんなんだ？　どうして僕の服を選ぶ大会が開かれている？」

「どうしてって……シオン様の発案なのでは？」

「僕の発案⁉　そんなわけがないだろう！」

戸惑いのままに叫ぶシオン。

しかしアルシェラもまた、戸惑いの表情を浮かべていた。

「そんなはずは……だって私は、ナギからそんな風に話を」

「ナギが……？」

「私はフェイナからそのように」

「フェイナが……？」

「私はイブリスから聞いたよー」

「イブリスが……？」

「私はアルシェラから聞いたぜ」

「アルシェラが――いやいや、おかしい！　一周したぞ！」

慌てて突っ込むが、メイド達はきょとんとするばかり。皆がそれぞれ顔を見合わせ、不思議そうな顔をするだけだった。

（おかしい……なぜこうなった……？）

思い当たる節と言えば、イブリスに『今度気が向いたときに服を選んでくれ』と頼んだことぐらいだ。

あのなにげない一言が、このような混沌《こんとん》とした事態を生み出したというのだろうか。

「まあまあシー様、なんでもいいじゃん」

深い混乱の中にいるシオンに、フェイナは言う。

「きっかけがどうあれ、せっかく楽しいイベントが始まろうとしてるんだから、このまま続けようよ」

「そうは言ってもだな……」

「みんなもうそれぞれ服は準備しちゃったわけだし、今更なしってなったらつまらないからさー」

「………わ、わかった」

いろいろ言いたいことはあるシオンだったが、みんなの期待するような視線を受けてしまえば、最終的には頷《うなず》くしかなかった。

かくしてシオンのなにげない一言から――服選び大会が始まったのだった。

プレゼンの順番は、厳正なるじゃんけんによって決まった。

一番手は――イブリスとなった。

「げっ。私が一番かよ……」

不服そうに顔をしかめる。

「ふふ。残念だったねー、イブリス」

「この大会において、一番手は圧倒的に不利。今後の審査の基準にされてしまうからね。どうしたって高得点は出にくくなってしまうわ」

「運もまた実力のうち、というわけだ」

(……なんだこの、本気の空気は?)

したり顔で分析を述べる三人に、シオンは内心で突っ込んだ。

「はぁーあ。まあいいや。やるっきゃねえか」

イブリスは気持ちを切り替えるように言って、自分が用意した服を持ってきた。

「私が提案するのは――これです」

そう言って見せられたのは……巨大な着ぐるみだった。

すっぽりと体を覆うようなサイズ感で、頭には熊を思わせる丸い耳がついている。熊の着ぐるみであるらしい。

「な、なんだこれは……？」

「これは、坊ちゃまの新しいパジャマです」

「パジャマ……？」

困惑するシオンに、背後から驚愕《きょうがく》の声が響く。

「くうっ……しまった。イブリスのやつ、なんて斬新な発想を……！」

「そうね……完全に油断してたわ。まさか服を選ぶ勝負で、パジャマを用意してくるなんて！　その発想はなかった！」

「イブリスめ……奴《やつ》のことだから、また面倒臭がって適当に選んでくると思ったが……とんだダークホースもいたものだな」

フェイナ、アルシエラ、ナギがそれぞれに感嘆の声を漏らす。

（……なんだこの茶番は？）

シオンは一人、空気にまるでついていけなかった。

「坊ちゃま、新しいパジャマとして、こういうのはどうでしょうか？」

「いや……これはちょっと、かわいすぎるのではないか？」

「見た目だけで判断するのはよくないですよ。こいつは機能だってすごいんです。ほら坊ちゃま、ちょっと触ってみてください」

「ふむ……ほう。これは」

「どうです？　いい手触りでしょう？　こだわりの一品ですよ？」

イブリスの言う通り、確かに着ぐるみの肌触りは素晴らしかった。

モフモフでありながらしっとりとしていて、実に幸せな感触だった。

この感触に包まれながら眠ることができれば、さぞかし気持ちがいいことだろう。

「……確かに、いい手触りだな」

「でしょう？」

「うん、すごい。確かにすごい触り心地だ。だが――」

シオンは言う。

「これ、手触りがいいのは外側だけじゃないか？」

着ぐるみの外側は手入れが行き届いた素晴らしい毛並みとなっているが、反面、内側は――つまりシオンに触れる方は、極めて普通の仕上がりだった。目立って酷《ひど》いわけでもないが、かと言ってなんの工夫もない。

（……そもそも、パジャマとしては作られていないんじゃないのか？）

ごくごく普通の着ぐるみとして作られた服のように見える。

寝ることなど、まるで想定されていない。

これを着て寝たら……普通に寝苦しそうだ。

「なに言ってるんですか、坊ちゃま。着ぐるみなんだから、外側にこだわるのが当たり前でしょう？　中にこだわってどうするんですか？」

「……いや、着心地も大事だと思うのだが」

「その最高の肌触りの着ぐるみを坊ちゃまが着て、一緒に寝る。そしたら……私はとても気持ちよく眠れる気がするんです」

「それ、僕が完全に抱き枕になってないか⁉」

「否定はしません」

「否定をしろ！　何回も言ってるだろ！　僕は抱き枕じゃない！」

「いやー、だって坊ちゃまって、すげえ抱き心地がいいんですもん。その坊ちゃまがこんな着ぐるみなんて着たら……もう最高ですよ。私、一生布団から出なくなります」

「……清々《すがすが》しいぐらいに自分の都合しか考えていないな」

「いやいや、みんなのことも考えてますよ」

そういうとイブリスは、背後の三人の方を向いた。

「なあ、みんな？　みんなも、この着ぐるみ着た坊ちゃまを抱き締めて一緒に寝たいよな？」

「「「……っ！」」」

「一斉に立ち上がるな！　ガタッと椅子を倒す勢いで立ち上がるな！」

全く同じリアクションをした三人に突っ込んだ後、

「とにかく……却下だ却下！　僕はこんなものは絶対に着ないぞ！」

声を荒らげて突っ込むシオン。

イブリスの審査、終了。


次はナギの順番だった。

「私の番か」

緊張した面持ちとなりつつ、準備を進めるナギ。

（……まあ、ナギなら大丈夫だろう）

そこまで突拍子もないものを提案してくることはないはず。

ナギの生真面目さや几帳面《きちょうめん》さを、シオンは信頼していた。

「私が提案するのは――浴衣です」

「ほう」

ナギが見せてくれた服は、一枚の薄い布のようにも見えた。

青を基調とした涼しげなデザインでありながら、ところどころに凝った刺繍《ししゅう》が施されている。

「これは……ナギの故郷の服か？」

「はい。我が祖国では夏季によく着られる、伝統的な衣装です」

「なるほど……ふむ。これを羽織って、帯で巻く形か。ナギが普段着ている服と似たような作りなのだな」

「そうですが、浴衣の方がはるかに簡単に脱ぎ着ができます」

「ふむ……いいものだな、これは」

「ほ、本当ですか？」

「ああ」

嬉《うれ》しそうに微笑《ほほえ》むナギに、頷《うなず》くシオン。

お世辞ではなく本当にいいもののように思えた。

（うん……普通にいいものだな）

異国の文化には興味を引かれるし、なによりシオンのことを考えて似合うデザインに仕上げたように見える。

さすがはナギ、と安堵《あんど》するシオンだった。

「お屋形《やかた》様……では、一度着てみてはどうでしょうか？」

「そうだな。ちょっと着心地も確かめてみるか」

「わかりました。では——下着も含めて全てお脱ぎくださいませ」

「わか——下着もっ⁉」

途中で突っ込むシオン。

しかしナギの方は、極めて真面目な表情のまま。

ふざけたわけではなく、真剣に言っているらしい。

下着を脱げ、と。

「ナ、ナギ……なぜ下着を脱ぐ必要がある？　こんなの、羽織るだけだろう？」

「いえ、ですが……浴衣の下にはなにも穿《は》かないのが普通でして……」

「普通……？　お前の国では、みんなそうしていたのか……？」

「はい。基本的にはなにも穿きません」

「……へ、変態の国なのか？」

「変態の国ではありません！　そういう文化なのです！」

顔を真っ赤にして主張するナギ。

背後で他の三人がヒソヒソと話す。

「……ナギの国は相変わらず変態文化ばっかだな」

「チンコ作って飾っとくぐらいだもんね」

「そうよね、チンコに顔を描いて飾っとく国だもの」

「聞こえているぞ貴様ら！　人の祖国を愚弄しおって……！　そしてアレはチンコではなく『コケシ』だと何度言ったらわかる！」

本気で怒鳴るナギだった。

「……ナギ。お前の国の文化はわかった」

冷静な口調を心がけて、シオンは言う。

「だが別に、今は下着ぐらい穿いていてもいいんじゃないのか？」

「ダ、ダメです、お屋形《やかた》様。浴衣は布が薄いので、下着を穿くと透けてしまい……かえってみっともない状態になってしまうのです。お屋形様にそんな恥をかかせるわけにはいきません」

「そ、そうなのか……」

なにやらこだわりがあるようだった。

「ですが……どうしても下着を穿かねば無理というのであれば、一つだけ方法があります。透けにくい下着を穿けばいいのです」

「そんなものがあるのか？」

「はい。つまり『ふんどし』を——」

「却下だ！」

ナギの審査、終了。

三番手はフェイナとなった。

「ふっふっふ。やっと私の出番が来たか」

得意満面な表情を浮かべている。

シオンは嫌な予感しかしなかった。

「私が用意したのはね……じゃじゃーん！」

「な、なんだこれは!?」

勢いよく見せられた衣装を見て、シオンは愕然《がくぜん》とする。

なにやらキラキラとした衣装。

ゴテゴテとした装飾が目立つが、しかし布面積は異様に小さい。まるで水着のようなデザインで、ヒラヒラとした飾り布が垂れ下がっている。

「これはね——踊り子の衣装！」

「お、踊り子!?」

「そう！　踊り子！」

「……ふ、ふざけるな！　そんなものを僕が着るわけないだろ！　踊り子って……なんで男の僕がそんな服を……」

「おーっと、シー様。それは男女差別ですよ。踊り子を女の職業だと決めつけて、偏見でものを語っちゃってる。いいと思うけどなあ。男の踊り子がいたって、全然いいと思うけどなあ」

「……踊り子という職業についてどうこう言ってるわけではない。その服が明らかに女性向けだから文句を言っているんだ」

「まあまあ、大丈夫。絶対シー様に似合うから」

「似合ってたまるか！」

全力で叫ぶシオン。

踊り子の衣装を提案された挙げ句、『似合う』と力説されて、凄《すさ》まじい衝撃を心に受けてしまうが——この場にはもう一人、衝撃を受けた者がいた。

「そん、な……」

アルシェラだった。

彼女は愕然とした表情を浮かべながら、フラフラと立ち上がる。そして自分が用意していた衣服を持ってくる。

「嘘《うそ》でしょう……まさか、こんなことが起こるなんて……」

動揺を言葉にして呟《つぶや》きつつ、用意していた衣装をこちらに見せる。

「なっ⁉」「えっ⁉」

シオンとフェイナは驚きの声を上げる。

アルシェラが用意した衣装——それは、踊り子の衣装だった。

それもフェイナが用意したものと、全く同じデザイン。

「まさか、アルシェラあの店のものを……」

「ええ。どうやら同じことを考えていたらしいわね。誠に遺憾ながら」

驚きを露《あら》わにしつつも、二人はどこか納得の表情をしていた。

「うっそー。まさかカブるなんて……最悪」

「最悪はこっちの台詞《せりふ》よ……」

「アルシェラ、当然ここは早い者勝ちだよね。私の方が順番的に早かったわけだから、アルシェラは自粛って方向で」

「ふざけないで。そんなルールはないわ」

「じゃあどうすんの？　二人して全く同じ衣装なんだけど」

用意した衣装が丸かぶりしてしまった二人は、敵意を剥《む》き出《だ》しにして睨《にら》み合《あ》うが、

「……ちょっと待って」

アルシェラはふと、考え込むような顔になった。

「フェイナ。つい反射的に喧嘩腰《けんかごし》になってしまったけれど……冷静に考えてみたら私達が争う必要はないのかもしれないわ」

「え？　どういう意味？」

「私達二人は全く同じ服を提案した。つまり……私達のどっちが勝ってもいいということ

よ。だってどっちが勝とうとも――シオン様はこの踊り子の衣装を着てくれるのだから」

「……あっ。なるほど！」

「景品の話はおいておくにしても……ここは一時休戦した方が得策だと思うわ。ここで変に争えば共倒れ。でもここで手を組めば――まず私達の負けはなくなる」

「確かに確かに。だって、四人中二人の提案した衣装が同じだったってことだもんね。考えようによってはもう優勝確定みたいなもんだよ！」

「ああん？　なんだって？」

「それは聞き捨てならないな」

勝ち筋を見つけて盛り上がるアルシェラとフェイナに、当然というべきか他の二人が反論した。

「てめえらは衣装かぶりで失格だよ」

「はぁん？　そんなルールないんですけどー」

「ルールの話をするのであれば、貴様ら二人が組んだところでなにも変わらない。全てはお屋形《やかた》様の審査で決まるはずだろう」

「ええ、もちろんそうよ。でも……もし仮にシオン様がどれもお選びにならなければ――今度は私達の投票で優勝者が決まるのよ」

「ああっ⁉　聞いてねえぞ、そんなルール⁉」

「事前に配ったルール一覧に明記してあるわよ」

「読むわけねえだろ、そんなもん！」

「……くっ。しまった。確かにそう書いてあった……！」

「お前は読んでたのかよ、ナギ！」

「さっすがアルシェラ！　ナイス性悪！　ナイス陰険！　味方にするとめっちゃ頼りになるぅ！」

「うふふ。後で覚えておきなさいね、フェイナ」

ぎゃーぎゃーと大騒ぎになる四人。

やがて各々の服を抱えて、シオンの下へと駆け寄ってくる。

「坊ちゃま！　私のパジャマが一番ですよね⁉」

「いえ、私の浴衣こそ、お屋形《やかた》様にはお似合いかと！」

「踊り子だよね、シー様！」

「踊り子にしましょう、シオン様」

「…………」

無言のまま、シオンはぷるぷると震え出す。

謎すぎる状況、理不尽すぎる展開……耐えて耐えて耐え続けてきたが、

「……どれも着ない。着るわけがないだろう」

とうとう精神の限界を迎えてしまった。

「お前ら、僕で遊ぶのもいい加減にしろ！　中止だ中止、こんな大会は今すぐ中止だ！」

室内に響く怒鳴り声は、あまりに虚《むな》しかった。

かくしてなにげない一言から始まった大会は、グダグダのまま幕を閉じた。


中止となった大会の片付けをしている途中――

「……そういえば、アルシェラ、フェイナ」

ふと思いついてシオンは二人に問いかける。

「さっき『あの店』と言っていたが……二人とも同じ店で踊り子の衣装を仕入れてきたのか？」

まさかの衣装かぶり。

『踊り子』という狙いがかぶることならばなくはないだろうが……まあ、それはそれで『シオンに踊り子の衣装を着せたい』と思った者が複数いたということになるので、いろいろと複雑なのだが――ともあれ。

今回はテーマだけではなく、衣装そのものが完全にかぶり、二人とも全く同じ服を持ってきた形だった。

全くの偶然とは考えにくい。

二人に共通するなんらかの出来事があったと考えるのが普通だろう。

「あー、うん、まあね」

頷《うなず》くフェイナ。

「実は先日、いろいろとありまして」

アルシェラが事情を説明する。

「三日ほど前、フェイナと二人でビステアに買い物に出かけたとき……馴染《なじ》みの店で少し頼まれごとをしまして」

「頼まれごと？」

「知り合いがやっている酒場で定期的に踊り子を呼ぶ催しを開いているらしいのですが、頼んでいた踊り子が急に来られなくなるというアクシデントがあったらしく……」

「それで私らが、代わりに踊ってくれないかって頼まれたんだよねー」

フェイナが結論を引き取った。

「そんなことがあったのか」

「最初は私が踊るつもりだったのですが……ええと」

言葉に詰まるアルシェラ。

するとフェイナが噴き出すように笑った。

「ふふっ。アルシェラはね、エロすぎてダメだったんだよ」

「フェイナっ」

キッと睨《にら》みつけた後、今度は申し訳なさそうな目をシオンに向けてくる。

「ち、違うのですよ、シオン様……決してシオン様以外の方を誘惑しようとしたわけではありません。ただ……用意されていた踊り子の衣装がどれもサイズが小さくて……それで、やや卑猥《ひわい》な感じに……」

「なんか最近、酒場のそういう催しも規制が厳しいんだってさー。ドエロいのやるなら、娼館《しょうかん》とかがある歓楽街の方でやらなきゃいけないみたいで」

「……そ、そうか」

なんとなく納得するシオン。

サイズが小さい踊り子衣装を着たアルシェラ――それはおそらく……いやどう考えても、卑猥すぎる絵面となったことだろう。

規制されても致し方なしと思える。

「では……フェイナの方が踊ったのか？」

「うん、まあね」

「驚いたな。お前にそんな特技があったとは」

「あはは。全然大したことないって。適当にパパッとやっただけだから」

「あら、ずいぶんと謙遜するのね、フェイナ」

不思議そうに言うアルシェラ。

「あなたの踊り、すごく評判がよかったじゃない。店主からも『またぜひ踊ってくれ』って頼まれていたようだし」

「えー、ちょっとやめてよアルシェラ。別にそんなすごくないから」

ぶんぶんと手を振り、珍しく照れたような反応を見せるフェイナだった。

(フェイナの踊り、か……)

正直あまりイメージができない。

これまでの生活の中で、そんな素振りは一度も見せなかった。

彼女はいったい、どんな踊りを披露するのだろうか。

「あっ。そうだシー様、酒場で思い出した」

話題を変えたかったのか、フェイナが話を切り出す。

「踊り子の衣装借りるために酒場に行ったときにさ、面白い情報仕入れてきたんだよね」

「面白い情報?」

「そう――温泉についての情報!」

得意げに言うフェイナ。

ふと思い出す。

先ほどの大会で勝手に景品にされていた『日帰りの温泉旅行』。
あれはどうやら、なんの脈絡もなく用意された景品ではなかったらしい。

第四章 元勇者は温泉に行く

Genius Hero and Maid Sister.4

ロガーナ王国。

王都——ローディア。

王宮に隣接する、騎士団本部。

その内部にある執務室には、団服に身を包んだ二人の男女がいた。

男の方は、眉目秀麗という言葉が相応《ふさわ》しい美青年。

レビウス・ベルタ・サーゲイン。

名門、サーゲイン家の嫡男であり、二年前、勇者のパーティの一員として魔王討伐に向かった英雄の一人。

そして。

魔王を倒した勇者——だったことにされている青年。

「コール」

レビウスは涼しい声で言った。

手には五枚のトランプがある。

テーブルを挟んで彼と相対しているのは、ブロア・ロズ。

サーゲイン家に使える使用人の一人であり、幼少期よりレビウスの身の回りの世話をしていた。現在では部隊長を務める彼の副官として、彼の仕事をサポートする役割を担っている。

「む、むぅ……」

レビウスの言葉を受けて、彼女は顔色を悪くした。トランプを持っている手がプルプルと震え出す。

「い、いいんですか、レビウス様？　私の手役、すごく強いですよ」

「コール」

「……ほ、本当にめちゃめちゃ強いですよ？」

「コール」

「………………引き返すなら今で――」

「コールだ。いいから見せろ」

呆《あき》れたように言った後、レビウスは手を伸ばし、ブロアの手札を強制的に見えるようにした。

「あ、ああ……」

ブロアは絶望の表情となる。

開かれた手札は――バラバラ。

つまり、役《ブタ》なしであった。

「やっぱりね。はい、俺の勝ち」

苦笑気味に言った後、レビウスは自分の手札を開く。

4のワンペア。

手役としてはかなり弱い部類の役だったが、それでもブタよりは強い。

テーブルの上に、チップ代わりに詰まれていたマッチ棒をレビウスは自分の手元へと寄せる。

「これで俺の五連勝だな」

「う、うう……」

「よかったなあ、ブロア。本当に金を賭けてたら、給料全部吹っ飛ぶところだったぜ」

「か、賭けるわけないでしょう。こっちはレビウス様と違って安月給で質素に生きてるんですからっ」

大声で訴えた後、拗《す》ねるように口を膨らませるブロア。

「まったく……強すぎますよ、レビウス様。ちょっとは手加減してください」

「ブロアが弱すぎるんだろ。表情が本当にわかりやすい」

「うう……私、そんなにわかりやすいですか？」

「まあ、わかるのは俺だけかもしれないけどね」

ガキの頃から一緒にいるわけだし。

と付け足すように言って、レビウスは席を立った。

そして窓から外を見つめる。

「うん。今日は本当にいい天気だな」

「……こんなにのんびりしてていいんですかね？」

トランプとマッチ棒を片付けつつ、ブロアは言った。

「騎士団本部の執務室で、こんな遊びしちゃって……」

「たまにはこういう日も必要だろう。この間の『奴隷解放運動』の件は、大して手間取らずに解決したし」

『奴隷解放運動』とは、先日、一部の貴族達の間で起こった奴隷制度撤廃を求める運動のことである。

貴族出身で、騎士団の部隊長を務める男――カミール・バラ・エルダンが、その中心となって動いていた。

亜人や奴隷への差別をなくし、この国をよりよくする活動――というのは表向きの話。

その実態は、極度の差別主義者であったカミールの主導による、奴隷の排除を目的とした活動だった。

何人かの無思慮な貴族達は、本当に国のためになると信じて活動に参加していたらしいが――カミールはそんな連中の善意を隠《かく》れ蓑《みの》に、自分の目的を遂行しようとしていた。

亜人を守るという側面もあった奴隷制度を撤廃し、亜人の国外追放を目指す。裏では国外の研究機関とも密約を交わしており、国内の亜人奴隷を研究材料として売り渡す算段もついていた。

しかし結局、彼の狙いは全てが失敗に終わり――

肝心の彼自身も、命を落とすこととなった。

「……しかし、シオン・ターレスクの報告は、本当なのでしょうか？」

ブロアが言う。

「原初のスライム……古い文献にしか登場しないような伝説の魔獣が現れて、カミールを飲み込んだなんて」

「本当だろうな、たぶん。俺もにわかには信じられないが……あいつがそんなつまらん嘘《うそ》をつくとも思えないし」

カミールの運動に――元より騎士団は目を付けていた。

彼を捕らえるために調査を進めていたが、用意周到でずる賢いカミールは目立った証拠をどこにも残しておらず、また政府や騎士団上層部とのコネクションも強く、捜査は難航していた。

しかし、そんな折。

レビウスの下に、シオンからの報告が入った。

エルフの奴隷を追ってエルト地方まで来ていたカミールが――自らが呼び出した原初のスライムに飲み込まれて絶命した、と。

「まあどっちにしても……上にそのまま報告するわけにはいかない話だけどな。どうせ誰も信じないだろうし、適当に脚色して正解だったよ」

シオンの報告を受けたレビウスは、上層部にはこう報告した。

調査の手に感づいたカミールは国外への逃亡を図るが、その途中で魔獣に襲われて死亡した、と。

おおよその真実を語りつつも、適度に嘘を交えた報告。

死体を残さずに死んでしまったカミールのことは、いくらでもこっちの都合のいいようにでっち上げることができた。

その後は、あっという間の出来事だ。

カミールの死が広まると、彼の協力者や付き合いが深い者達は、我先にと彼を切り捨て『私達は被害者だ。カミールに騙《だま》された』と主張した。

全ての罪は死人になすりつけられ、事件はあっさりと幕を閉じた。

「なんにしても、今回もシオンに助けられた形だな。あいつからの報告がなきゃ、もっといろいろ面倒なことになっていただろう」

「レビウス様はあの少年を過大評価しすぎですよ。今回の件なんて、ただの偶然じゃないですか」

「偶然か運命か。いずれにしてもあいつは、そういう星の下に生まれたんだろう。どれだけ隠居しようとしても、世界があいつを放っておかないらしい」

溜息《ためいき》交じりに言って、小さく笑うレビウス。

「レビウス様……」

「そんな顔するなよ、ブロア。別に拗《す》ねてるわけじゃない。俺は俺で、やるべきことをやるだけだからな」

心配そうな顔になったブロアに近づき、頭をポンポンと叩《たた》く。

「そうだ。今度の休暇は、温泉でも行こうか」

「温泉ですか？」

「ああ、シオンの話をしていて思い出した。確かあいつのいるエルト地方には、未開の秘湯があるって噂《うわさ》がなかったか？」

「あったと思いますが……それは確か、未《いま》だに噂のままだったはずですよ」

ブロアは言う。

「山奥にある温泉の存在自体は確認されているようで、近隣の領主や商業組合が動いてはいるそうですが、住み着いている魔獣などの問題から、未だに開拓には至っていないらしく」

「……なんだ、そうだったか」

少し落胆したような顔になるレビウス。

「うーん。さすがにわざわざ開拓を手伝ってやる気はしないかな。俺はそこまでのお人好《ひとよ》しでもないし」

「温泉がご希望でしたら、どこか国内の名湯を探して手配しておきますが」

「ああ、頼むよ」

「かしこまりました。では、護衛と使用人は何人つけましょうか？」

ブロアは言う。

それは彼女にとって自然な問いだった。

大貴族であるレビウスが休暇で旅行に出かけるとなれば、多くの使用人を連れて出かけるのが慣例。場合によっては、レビウスにそっくりな影武者を別の場所に送ることもある。

しかし。

「いや」

レビウスは小さく首を振った。

そしてまっすぐブロアを見つめる。

「二人でいいよ」

「え？」

「俺とお前、二人だけでいい」

「…………」

ブロアは呆気《あっけ》にとられ、ぽかんと口を開いた。

「嫌、だったか？」

「……い、嫌じゃないです！　全然嫌じゃないです！」

「そうか、よかった」

「で、でも……い、いいんですか？　わ、私なんかが……」

「そう卑屈になるなよ。俺はお前といるときが、一番気が休まるんだ」

穏やかな微笑を浮かべて、レビウスは言う。

「勇者じゃない俺を――本当の俺を知っていてくれて、それでも俺を認めてくれる奴《やつ》は……お前ぐらいなもんだからな」

「レビウス様……」

「ふふっ。そうだ、いいことを思いついた。旅行中はその『レビウス様』っていうのをなしにしよう。ガキの頃みたいに『レビウスくん』と呼ぶように」

「え、えええっ!?　な、なに言ってるんですか、そんなのできるわけないでしょう！」

「ダメだ。命令」

「えー……そ、そんなぁ……」

困り果てるブロア。

レビウスはそんな彼女を見て、とても楽しげに笑っていた。

仮面としての笑みではなく、心の奥底から笑っているような、そんな朗らかな笑顔だった。


ロガーナ王国エルト地方。

商業都市であるビステアの街より、西の国境方面に向かった先。

馬車で近隣の村まで移動した後、歩くこと半刻程度。

シオンとメイド達四人は、目的である山に辿《たど》り着《つ》いた。

「ここが、温泉の出る山か……」

山の麓から頂上を見上げ、シオンは呟《つぶや》いた。

「この頂上にある温泉を、調べればいいのだったな」

「はい」

アルシェラは懐からメモをした紙を取り出す。

「この山にある温泉の存在がわかったのは、今から三年前。山菜を採りに訪れた近隣の村人が、偶然発見したそうです。しかしこの山の奥は――」

「強力な魔獣の住処《すみか》、だったと」

シオンが結論を引き取ると、アルシェラは「はい」と頷《うなず》いた。

「温泉があるとなれば、そこを観光地として盛り上げることで大きな収益が期待できます。だから近隣の村や街の長、また領主などが何度か兵を雇って魔獣の討伐へと向かわせたのですが……いずれも失敗に終わっているそうです」

「ふむ」

「今でも温泉地の調査と開拓に賞金がかかっていて、定期的に挑む者達が現れるそうですが、成果は芳《かんば》しくないそうです」

「要するに、魔獣の問題をどうにかできれば、ここを観光地として賑《にぎ》わすことができるわけか」

アルシェラとフェイナが酒場で耳にしたのは、この温泉についての情報だった。

ビステアの商業組合もまた、ここを観光地として発展させることを期待しているらしく、開拓や魔獣の討伐に賞金をかけているらしい。

「魔獣以外にも問題はあり……温泉の性質についても調査が必要です。立地条件から、この辺りから湧き出る温泉には……魔素の濃度が高い可能性があるそうで。魔獣が住み着いているのも、魔素を好んでのことではないかという予想がなされています」

魔素とは、大気や自然物に満ちる魔力エネルギーの総称である。

魔界ではそこら中に満ち満ちているものだが——人間の世界にも微量ながら存在し、そして場所によって濃度が異なる。

魔素の濃度が高い場所は、魔獣の住処《すみか》となっているパターンが多い。

「いずれにせよ、頂上まで登ってみなければわからないな」

シオン達五人は山の中に足を踏み入れ、頂上を目指し始めた。

深い木々の隙間を進んでいく。

温泉地開拓を目指した者達が歩いた後が踏み固まって道となっているが、しかしそこまで明確に登山ルートが確立しているわけではない。

ゆえに、道なき道を進んでいくこととなった。

常人には厳しい登り坂だったかもしれないが、しかしシオン達五人にとっては造作もないことだった。

「はぁーあ、かったりーなあ。いつまで続くんだ、この道……？」

「ちょっとイブリス、気分が下がること言わないでよ。温泉だよ、温泉。超楽しみじゃん」

「んー、まあな。温泉は楽しみだな」

「でしょー？」

上機嫌なフェイナと、気怠《けだる》そうにしながらも少し乗り気のイブリス。

「ねえねえ、ナギも温泉は楽しみだよね？」

「そうだな」

フェイナの声かけに、ナギも同意する。

「故郷ではよく入ったものだが、この大陸に来てからはめっきりだ」

ナギもまた、どこか嬉《うれ》しそうな顔をしている。

（来て正解だったな）

シオンが温泉調査に出向こうと思ったのは、もちろん小金欲しさではない。

新たな観光地として人々が賑《にぎ》わえばいいと思う気持ちと、そしてなにより、メイド達を喜ばせたかったからだ。

（……普段は僕のせいで、どこかに出かけることもできないからな）

コントロール不能のエナジードレインのせいで、シオンは朔《さく》の日以外は人里に下りることは許されない。

だから外出となれば、せいぜい近隣の街程度となる。

シオン自身が抑えていればそこまで強力なものではなく、一日や二日程度であれば他者への影響はほとんどないのだが——だからと言って、堂々と陽《ひ》の当たる場所を歩くのは憚《はばか》られる。

自分のために他者の健康を害しても平気でいられるほど、シオンは厚顔無恥にはなれなかった。

そのせいで、シオン達は滅多《めった》に全員で出かけることはない。

メイド達も気を遣ってるのか、そのことに不平不満を言ってくるようなことはないが
……シオンとしてはやはり、どこか申し訳なく思う気持ちはあった。

しかし。

今回の温泉は、未開の地にある。

周囲に人がいないのであれば、誰に憚《はばか》ることもない。

言ってしまえばこれは――シオンなりの慰安旅行のつもりだった。

もちろん、恥ずかしくてそんなことは口に出せないが。

「シオン様。もうじき……魔獣が住むエリアになるかと思われます」

山の中腹に足を踏み入れた辺りで、アルシェラが言った。

「わかっている」

警告に頷《うなず》きつつも、シオンは歩む速度を緩めない。

他の者も同様だった。

「けっ。どんだけ強力な魔獣がいるかは知らねえが、私らの相手になるような根性入った
のはいねえだろうな」

「あはは。ま、そうだよねー」

気楽そうに言うイブリスとフェイナ。

魔王を殺せし勇者と、魔王に仕えし『四天女王《レディストピア》』。

この五人が野生の魔獣程度に後れを取ることは、天地がひっくり返ってもありえないだろう。

しかし——

「あまり気を抜くなよ、イブリス、フェイナ」

窘《たしな》めるようにシオンは言った。

「できるなら戦闘は避けたいからな」

「あん？　なに言ってんだよ、坊ちゃま。ここにいるのは、そんなとんでもねえ魔獣なのか？」

イブリスは不服そうな声を上げた。

「いや、そういう意味じゃなくて——っ」

言葉の途中で、シオンは足を止めた。

他の四人も同じタイミングで足を止める。

そして一瞬のうちに、シオンの四方を囲むような立ち位置となった。

「へっ。来やがったみてえだな」

「ひーふーみー……あー、結構いるねー」

好戦的な笑みを浮かべるイブリスとフェイナ。

ナギは腰の刀に手をかけ、アルシェラは鋭い視線で周囲を見渡した。

（……ふむ）

いつの間にか、シオン達は囲まれていた。

直接姿を見せるようなことはないが、木々の隙間からこちらを窺《うかが》う獣の気配が周囲に満ち満ちている。

シオンも他の四人も、その荒々しい気配を鋭敏に感じ取っていた。

（この気配……動物から変化した魔獣達か）

魔獣には様々な発生理由があるが――魔王が滅んだ今の時代、大陸に出現する魔獣で最も多いのが、野生動物が魔素を浴びて魔獣化したパターンだ。

元よりこの山は、魔素が濃い場所として有名だった。

ならばそこに住み着いていた野生動物達が、魔素を浴びて魔獣化したと考えるのが普通だろう。

「シオン様は下がっていてください。我々だけで十分です」

「我々どころか、一人で十分だよねー。雑魚ばっかりだし」

「どうする？　誰がやる？　じゃんけんで決めるか？」

「フェイナ、イブリス、油断しすぎだぞ。戦闘には万が一ということもある」

気配を察知した直後は即座に警戒態勢に入った四人だったが、今は態度が一気に弛緩《しかん》している。

表面上は険しい顔を保っているアルシェラとナギにも、どこか余裕が感じられた。

周囲の気配から、力量差を悟ったのだろう。

辺りにいる魔獣は、世間一般で言えば強力な魔獣となるのだろう。

しかしシオン達と比較してしまえば――あまりに格が違う。

メイド達四人ならば、誰であっても一人で瞬殺できるレベルだった。

しかし。

「お前達、下がっていろ」

シオンはそう言って、一歩前に出た。

「ここは僕がやる」

メイド達は皆、一様に不思議そうな顔になる。

無理もないだろう。

周囲の魔獣はどう考えても、シオンがわざわざ手を下すまでもない相手なのだから。

（……三十二匹、か）

目を閉じ、気配の数を感じ取る。

シオンの探知能力ならば、隠れた相手だろうと正確に感じ取ることができた。

数だけではなく、相手の大きさや姿形も大体わかる。

木々に隠れてこちらを見ているのは、犬、猿、熊、鳥……等、様々な野生動物に近い姿をした魔獣達。

（……やはりこの方法が一番いいだろう）

考えをまとめた後。

シオンは――目を開ける。

次の瞬間。

ゴオォッ！　と。

魔力が。

膨大で悍《おぞ》ましい魔力が、シオンの体から溢《あふ》れだした。

単なる魔力の波動であり、直接的な攻撃力はない。

しかしそれは、確かな攻撃性を帯びていた。触れる者全ての命を吸い尽くすような、悍ましき気配に満ちていた。

迸《ほとばし》る魔力は放射線状に周囲を奔《はし》り――

直後、ザザザザッ、と木々の合間を獣が駆け抜けていく音がする。

そしてほんの数秒後には、辺りから魔獣の気配が消えた。

ただの一匹も、いなくなってしまった。

「ふむ。上出来だ」

「魔力で追っ払ったのですか？」

アルシェラの問いに、「ああ」とシオンは頷《うなず》く。

「失神されても困るから、魔力を調節しつつ威嚇してみたが、どうにか上手《うま》くいったようだな」

「どうして……」

アルシェラも他の三人も、困惑気味の表情を浮かべた。

なぜわざわざそんな面倒な真似《まね》を？

そう言わんばかりの顔だった。

「……僕は、人間だ。こんな体になっても、まだ人間の側でいたいと思っている」

シオンは言う。

「だから村落を襲う魔獣を殺すことに抵抗はない。人々の安寧を妨げる魔獣は――人間社会にとっての招かれざる客は、僕にとっては駆除すべき敵だ」

でも、と続ける。

「今回の場合、招かれざる客は僕らの方だ。ここは彼ら魔獣達の住処《すみか》であり、僕らが乗り込んできた形となる」

この場にいる魔獣は、人里に踏み込んできたわけではない。

人々の生活を脅かしたわけではない。

ただ山奥で静かに暮らしていただけ。

そこに侵入者が現れたから、自分達の領域を守るために出てきただけなのだ。

「まあ、ここを観光地とするならば、周囲の魔獣は駆除した方が人間のためになるのかもしれないが……温泉の性質を調べてみないことにはなにも言えないからな。徒《いたずら》に命を奪う必要もないだろう」

「まーったく。甘いんだから、シー様は」

「さすがはシオン様です」

「寛大なお心、感服いたします」

やれやれと肩をすくめるフェイナと、褒《ほ》め殺しにしてくるアルシェラとナギ。

「……褒めすぎだ。こんなのはただ自己満足に過ぎん」

ぷい、と顔を背けるシオンだった。

「坊ちゃまのおかげでマジで全部追っ払えたみたいですねー。小動物はもちろん、虫までどっかに行っちまったみたいです」

周囲を確認しつつ、イブリスが言う。

「邪魔者もいなくなったし、このまま一気に頂上目指しましょうか？」

「そうだな」

魔獣の気配が消えた山道を、シオン達は再び登っていく。

数刻ほどで目的の場所へと辿《たど》り着《つ》いた。

「わーっ！　すっごい！　めっちゃ温泉！」

やや語彙力の低い歓声を上げるフェイナ。

山頂の少し開けた場所。

岩肌の中にぽっかりと窪《くぼ》んだ穴があり、そこに湯が溜《た》まっていた。

緑がかった水面からは湯気が立ち上り、周囲には独特の香りが満ちる。

人の手の入っていない、天然の温泉がそこにあった。

「本当にあったのだな」

少し安堵《あんど》した様子で呟《つぶや》くシオン。

ただの噂《うわさ》やデマという可能性もなくはないと思っていたため、こうして実物を拝むとホッとした気持ちになる。

「ちゃんとあるもんだなあ。こんな山を登った場所に」

「まさに秘湯だな」

感心した様子で言うイブリスとナギ。

「ねーねー、シー様、早く入ろうよ！」

「待てフェイナ。成分調査が先だ」

手を引っ張ってくるフェイナを制してから、

「アルシェラ」

と言って、手を伸ばす。

「はい」

彼女は頷《うなず》いて、持っていた荷物を開く。具体的な指示を出さずとも、シオンが求めていたガラス瓶と薬品を取り出した。

それらを受け取った後、シオンは湯へと近づく。

「……見る限り、魔素が含まれていることは間違いないだろう。問題なのは濃度だ」

湯の中に手を入れ、魔素の気配を確かめる。

それからガラス瓶で少し湯を掬《すく》い、持ってきた薬品――魔素の濃度によって色を変える触媒を入れた。

チャプチャプと中身を混ぜると、緑がかった湯が赤に近い色となる。

「どうなの？　シー様？」

「……やはり、少し魔素が濃いな」

山頂付近に漂う気配と、魔獣化した動物達。それらの要素からある程度予想は立てていたが、幸か不幸かその予想は的中してしまった。

この温泉には、かなりの魔素が溶け込んでいる。

「常人にとっては害となるレベルの濃度だ。生身の人間が入ることはできないだろう。ここを観光地とするのであれば、なにかしら対策を練らねばならないな」

「えー、そ、そんな……」

「だが安心しろ。あくまで魔力耐性のない、一般人が入る場合は危険というだけだ。僕らが入る分には問題ないだろう」

「ほんと!?　やったーっ！」

不安そうな表情から一転、快哉《かいさい》を叫ぶフェイナ。

「じゃ、早速ひとっ風呂浴びちゃおっかなー」

言うや否や、フェイナはその場で服を脱ぎ始めた。

「なっ……バ、バカ者！　なにをしている！」

「なにって温泉に入るんだから、服は脱がなきゃでしょ？」

「だからってこの場で脱ぐ奴《やつ》があるか……。僕は向こうで地質の調査をしてくるから、入るならお前達だけで――」

「なに言ってるの？　シー様も一緒に入るに決まってるでしょ」

「はあ？　バカを言うな……そんなことできるわけないだろ」

さも当然のように言うフェイナに反論した後、

「ほら、お前達も黙ってないでなんとか言ってくれ」

と、他の三人に助け船を求める。

しかし――

反論の声を上げる者は、一人としていなかった。

イブリスはどうでもよさそうな顔で、ナギはかすかに頬《ほお》を赤らめて口を一文字に引き結んでいる。

アルシェラはというと、手荷物を開いてシオンの着替えやタオルの準備を始めている状態だった。

「え？　あ、あれ……？」

「坊ちゃまも一緒に入るに決まってるじゃないですか」

平然とした様子で言うイブリス。

「秘境の温泉に行くってなった時点で、そういう流れだとこっちは思ってましたけど？」

「……な、なんでそうなるんだ？　一緒に入るだなんて……い、いいわけがないだろう」

「なに今更恥ずかしがってんですか？　私らもう、裸を恥ずかしがるような関係じゃないでしょ？　屋敷の風呂だって何回も一緒に入ってるし」

「な、何回もじゃない！　みんなで入ったのは三回だけだ！」

「……きっちり覚えてる辺り坊ちゃまもムッツリですねー」

「なっ……う、うう」

からかい調子に言われ、なにも言えなくなる。

追い詰められるシオンだったが、そこで打開策を閃《ひらめ》く。

（そ、そうだっ！　ナギだ！　こういうときは、ナギを頼ればいいんだ！）

メイド四人の中で最も高潔で慎み深い、東方出身の淑女。

高い貞操観念を誇る彼女ならば男女の混浴など許すはずがない。

「ナギ……お前からも――」

「お、お屋形《やかた》様！」

藁《わら》にも縋《すが》る思いで声をかけたシオンだったが、ナギはその声を遮り、

「此度《こたび》はこのナギ、覚悟を決めてまいりました！」

と叫んだ。

シオンは唖然《あぜん》とする他ない。

羞恥に顔を赤らめながらも、ナギの眼差《まなざ》しには力強い意思があった。

手には自前の桶《おけ》と手ぬぐいを抱えている。

それはなんというか……今から風呂に入る気満々の格好だった。

「屋敷で全員で湯浴《ゆあ》みする際には……いつも気恥ずかしさから積極的に動くことができず、

お屋形《やかた》様への奉仕で皆に後れを取ってきたかと思います。男女が一緒の湯に入るなんてはしたない……そんな、常識を言い訳にして」

「……いや、それはとても正しいことだと思う」

なにも間違っていない。

考えを正す必要なんてない。

常識を言い訳にしているのではなく、常識的な行動をしているだけだ。

それなのに……なぜ行動を改めようとするのか？

「しかし今日の私は違います！　温泉に行くという話が出てから、きっとこんな展開になるだろうと踏み、事前に心の準備をしておきました！」

血気盛んに謎のことを叫ぶナギだった。

「もう、一人モジモジと恥じらったりはしません。きちんと湯浴《ゆあ》みの介助をさせていただきます！」

「…………」

シオンは思わず気を失いそうになった。

最後の良心と思われたナギまでもが暴走を始めている。

もはや味方は誰もいない。

絶望的な状況に追い詰められ、軽い立ちくらみを覚えてしまう。

「大丈夫ですか？」

フラついたシオンを、いち早くアルシェラが支えた。

そして慈母の如《ごと》き優しい声で語りかけてくる。

「シオン様。なにも心配することはありませんよ」

「アル、シェラ……」

「我々がきちんと、湯浴みのお世話をして差し上げますから」

隅から隅まで余すことなく。

と。

アルシェラは言った。

こちらを見下ろす瞳は献身的な慈愛に満ちていたが——しかしその奥深くには激しい情欲の炎が見えた。

「……そうか」

シオンは本能で悟り、全てを諦めた。

自分はもう、逃げることなどできないのだろう。


頂上付近にあった温泉は、木々が開けた場所にあったため、湯に浸《つ》かりながら麓の景色を一望することができた。

眼下に広がる深緑の山並み。

天を見上げれば、抜けるような青空が広がる。

「はぁー、こりゃいいもんだな」

湯に肩まで浸《つ》かったイブリスは、天を仰ぎながら至福の声を上げた。

足を大きく伸ばしてくつろいだ様子だった。

「ナギももう少しゆったり浸かれよ。そんなんじゃ疲れるだろ」

「……そ、そうは言ってもだな」

呆《あき》れたように告げられた指摘に、隣のナギはごにょごにょと返す。

イブリスの解放感溢《あふ》れる姿とは対照的に、ナギの方は恥ずかしそうに身を捩《よじ》って体を縮こまらせていた。両手で胸や股間を隠すようにしており、顔は赤く羞恥に染まっている。

「覚悟は決めたんじゃなかったのかよ？」

「……き、決めてはいたつもりだぞ。つもりなんだが……」

「んな恥ずかしいなら、タオルでも巻いて入りゃいいのに」

「バカ者。そんな真似《まね》ができるか。温泉にタオルを巻いて入るなど、礼儀知らずがやることだ」

「……変なところに変にこだわってんだな」

溜息《ためいき》を吐《つ》くイブリス。

「つーかナギ」

「な、なんだ?」

「そもそもさ、そうやって一生懸命手で隠してる方が……なんか卑猥《ひわい》だぞ?」

「なんだと……!? そんな、バカな……」

「いやマジでマジで。頑張って隠そうとしてる感じがなんか恥ずかしくて逆にエロい」

「……ぎゃ、逆にエロい? う、うう……」

「私ら以外誰もいねえんだし、堂々としろよ。別に誰も注目したりしないんだから。むしろ隠そうとすればするほど『そんな必死で隠そうとするなんて、どんなとんでもないものがついてんだ?』と気になってくる可能性もある」

「……う、うう〜、わ、わかったっ」

覚悟を決めたように言った後、ナギは秘部を隠していた手を外そうとする。しかしやはり躊躇《ちゆうちよ》があるのか、その手はなかなか外れない。

「く、くう……」

「……あのさ、ナギ。そこで変に躊躇してるのも、なんかエロいぞ」

「〜〜っ! だ、黙れぇ……」

弱々しい声で言った後、ナギはとうとう手を外す。

己の裸体を隠すことなく曝《さら》け出した。

「ど、どうだ。これで文句はあるまい」

「………」

「な、なんだ……なんとか言え」

「いや、なんつーかさ」

裸となったナギをジッと見つめながら、イブリスは言う。

「ナギって……いい色してるな」

「――っ⁉　な、なにがだ⁉　ど、どういう意味だ⁉」

「いやだから、ち――」

「うわああ！　や、やめろ！　言わなくていい！」

絶叫した後、大慌てでまた体を手で隠すナギ。

「う、うう……貴様、誰も注目したりしないと言ったくせに……！」

「あはは。悪《わ》りぃ悪りぃ」

恨みがましく言うナギと、悪びれもせずに笑うイブリスだった。

二人がそんなやり取りをする横で――

タッタッタッタッ、と。

岩肌を素足で駆ける音が響く。

「とうっ！」

かけ声と共に岩肌から飛び立ったフェイナ。

丸めた体をくるくると回転させ、そのまま真っ逆さまに水面へと飛び込む。

着水と同時に盛大な水しぶきが上がった。

「ぷはっ。あははは！　ヤバい、超楽しい！　温泉サイコー！」

湯から顔を出すと天真爛漫《てんしんらんまん》な笑みを浮かべた。

「ちょっとフェイナ。はしたないわよ」

近くにいて水しぶきをかぶったアルシェラが苦言を呈す。

「えー？　別にいいでしょ？　私ら以外誰もいないから、誰の迷惑にもならないし」

「私の迷惑になってるのよ。まったく……もう子供でもないんだから、お風呂や温泉で、はしゃがないの」

「ふーん、だ。別にいいんだもーん」

「もう……」

呆《あき》れ調子のアルシェラ。

アルシェラの注意も虚《むな》しくフェイナはすいすいと湯の中を泳ぎ回る。

平泳ぎをしたり、潜水をしたり。

それから、こっそりとアルシェラの背後へと回り込み、

「ていっ」

　むんず、と。

　鷲掴《わしづか》みにした。

　アルシェラの——尻を。

「ひゃあっ……ちょ、ちょっと、なにするの？」

「いやー、でっかいケツだなあと思って、つい」

「だ、誰がでっかいケツよ！」

「アルシェラって胸もデカいけど、ケツもデカいよねー。ボン、キュッ、ボンのナイスバディで本当に羨ましい」

　素直に感心した様子でアルシェラの裸体を眺めるフェイナだったが——その瞳に悪戯《いたずら》めいた色が浮かぶ。

「……んー。やっぱあんまり羨ましくもないかなあ。だって」

　そこまで言うと、フェイナは再び手を伸ばして鷲掴みにした。

　アルシェラの——腹を。

「ひゃああっ！　な、なにするの！」

　尻を触られたときよりはるかに大きな反応をするアルシェラ。

「あはは。やっぱりアルシェラ……最近ちょっぴり太ったよね？」

「――っ！」

「胸もお尻もデッカいけど、お腹《なか》がちょっぴりムニムニだよねー。ボン、キュッ、ボンじゃなくて、ボン、ヌッ、ボンみたいな」

「だ、誰がボン、ヌッ、ボンよ！」

顔を赤らめつつ、腹を押さえて反論するアルシェラ。

「ふ、太ったと言っても……少しよ。本当にほんの少しよ。この程度なら全然さっぱり問題ないわ。太ってるうちには入らないわ！」

「まあ確かにちょっぴりだけどさあ。でもやっぱりさ、スタイルは私の方がいいよねー」

フェイナはその場で立ち上がり、体を見せつけるようにポーズを決めた。

野生動物を思わせるしなやかな肢体。

無駄な贅肉《ぜいにく》など微塵《みじん》も感じさせない、研ぎ澄まされた肉体であった。

「くっ……」

アルシェラはその肉体を嫉妬の視線で見つめるが、

「……ふ、ふん。わかってないわね、フェイナ」

と反論に打って出る。

「痩せていればいいってものじゃないのよ。殿方はね、少しぐらい肉がついている方が魅力的に感じるものなのよ？」

アルシェラもまた、立ち上がってその場でポーズを決める。

豊満な乳房と形のいい尻。

腰はしっかりとくびれながらも適度な脂肪を纏《まと》い、暴力的なまでに扇情的な肉体がそこにはあった。

「痩せたら痩せただけ綺麗《きれい》になると思ってるのは女だけだからね」

「ふーん、だ。私は別にガリガリってわけじゃないもんねー。スレンダーでありながら、出るとこは出たナイスバディなんですぅ。絶対私の方がいい体してるもんね」

「いいえ。私よ。私の方が女性的な魅力に溢《あふ》れているわ」

「むぅ……」

「む……」

数秒睨《にら》み合《あ》う二人だったが、

「……こりゃラチが明かないね」

「ええ、そうね」

とお互いに頷《うなず》いた。

「こうなったら——シー様に決めてもらうしかないね！」

「それがいいわね。いざ尋常に勝負よ！」

二人同時に同じ方向を向く。

温泉の隅、岩場の陰となっている方向を。

「シー様、女はやっぱり細身で引き締まってた方がいいよね？」

「シオン様、女性は少しぐらい豊満な方が魅力的ですよね？」

「……ぼ、僕に聞くな！」

岩場の陰から絶叫するシオンだった。

彼は今、四人のメイド達から離れて、温泉の端の方で浸《つ》かっていた。

そこは湯の中にある大きな岩の陰となっており、四人からシオンの姿は見えず――シオンの方からも四人が見えない場所だった。

（うう……どうしてこんなことに）

どう頑張っても混浴は避けられない空気だったので、シオンは仕方なく四人と一緒のタイミングで温泉に入った。

しかし四人の近くに入ることはさすがに憚《はばか》られ、入浴と同時に隅の方へと逃げてきていた。

混浴自体は屋敷の浴室で何度か経験があるとは言え……年上美女との混浴は、幼い少年にとっては何度経験しても慣れるものではない。

「そんなこと言わないでさー。シー様、ちゃんとこっち見て答えてよ。ほらほら、私の方が綺麗《きれい》でしょ？」

「シオン様！　私の体の方が……シオン様のお好みですよね？」

「……僕に聞くなと言っているだろ」

弱々しい声で反論するシオン。

岩陰の向こう側では、フェイナとアルシェラが少しでも自分をアピールしようとポーズを取っているのだろう。

そんな姿を勝手に妄想してしまい、顔が一気に熱くなった。

「ったく。坊ちゃま。いつまでそんな隅っこで縮こまってるんですか？　せっかくの温泉なんだからのんびりとしましょうや」

「……そう思うなら、男女別々で入らせて欲しいんだが？」

「それはそれ、これはこれってことで」

実に適当な態度のイブリス。

「あの……お、お屋形《やかた》様、気が向いたらいつでもこちらにいらしてくださいね。私が背中を流して差し上げますので」

覚悟を決めたらしく、柄にもなく積極的なナギ。

シオンは頭を抱える他なかった。

「……どいつもこいつも、僕で遊ぶのもいい加減にしろ」

岩場の陰でひっそりとお決まりの台詞《せりふ》を吐いた。

その後もシオンが陰から出て行くことはなく、隅っこの方でのぼせる寸前まで一人浸《つ》かり続けた。


温泉を楽しんだ後は、メイド達は野営のための準備を始めた。

万が一温泉地の情報がデマだったり、あるいは温泉の性質がシオン達の入浴に向かない状態だった場合は、そのまま帰る予定だったが――そうでない場合は、山中で一夜を過ごそうと考えていた。

言ってしまえば、キャンプのようなものだ。

メイド達はテントを張ったり薪《まき》を集めたりと準備を進め、シオンはその間、温泉地の調査を再開した。

温泉の性質だけではなく、周囲の地質や魔素濃度など、持ってきた器具を用いながら様々な方法で調べていく。

「ふむ……」

「調査の方はどうですか、シオン様？」

そこへふと、アルシェラがやってきた。

「うむ。大体終わったところだが……」

険しい顔をして、シオンは続ける。

「予想以上に魔素の濃度が高いな。お湯だけではなく、地層にまで深く溶け込んでいる。この山頂一帯は、どこも魔素で溢《あふ》れている」

「となると……この地を人間が入れるような温泉地とするのは」

「難しいだろうな。大地や湯から常人が入れるレベルまで魔素を取り除くためには……少なくとも三年はかかるだろう」

「三年、ですか。なかなかの期間ですね」

「期間だけではなく、コストも相当なものとなるだろう。観光地として開発できたとして、採算が取れるかどうかはわからない。それに……大地に溶け込む魔素の除去には、高い技術と危機管理が必須だ。除去に失敗して変に地層を刺激してしまえば、周辺村落まで魔素が漏れ出すリスクがある」

「そこまでのリスクがあるとなると……開発は無理そうですね。組合の方にはそのように報告しておきましょう」

「まあ……僕が集中して取り組めば三ヶ月程度で除去は可能だが」

「ダメですよ」

機先を制するように、アルシェラは言った。

「街の者のために、シオン様がそこまで尽力する必要はありません」

「………」

「よほどの緊急事態ならまだしも、観光地開発などというどうでもいい事業に、これ以上シオン様が関わる必要はないでしょう。こうして調査をすることだって、ほとんどタダ働きのようなものなんですから」

「わ、わかっている」

有無を言わさぬ口調で言うアルシェラに、シオンは小さく頷《うなず》いた。

「僕もこれ以上、観光地の開発に手を貸すつもりはない」

「……本当ですか？　シオン様はとても心優しいですから、頼まれずとも街の者のために働いてしまいそうです」

「心配するな。本当だ」

ジッと疑惑の眼差《まなざ》しで見つめられ、シオンは苦笑する。

「お前の言う通り、これ以上街の者のためだけに動くのは……なんというか、フェアじゃないからな」

「フェアじゃない？」

首を傾《かし》げるアルシェラ。

シオンはぐるりと周囲を見渡す。

鬱蒼《うっそう》とした木々と、その隙間から覗《のぞ》く雄大な山並みの景色——

「この山は……魔獣達の住処《すみか》だ」

先ほどのシオンの威嚇のせいで魔獣達は隣の山まで逃げてしまったのか、今は全くと言っていいほど気配がない。

しかし――

普段はきっと、この場所では様々な魔獣達が暮らしているのだろう。

「地質や水質を調べているうちに、よくわかったよ。ここは多くの魔獣が暮らす場所だ」

かじりかけの果物や糞《ふん》の痕、爪を研いだ痕、踏み固められた獣道……そこかしこに、魔獣の生活を示す痕がいくつも見受けられた。

「あの温泉も、いつもは魔獣達が利用しているのだろう」

「なるほど……あそこは獣のお風呂だったわけですね。どうりで天然の温泉にしては少し整っていると思いましたが」

「魔獣の中には賢いものもいる。自分達が利用しやすいよう、獣なりに考えて行動したのだろう」

小さく息を吐くシオン。

「調べたところ、ここの魔獣達が山から下りた形跡はない。彼らの生活は山の中だけで完結していて、人間に危害を加えた様子はない。ならば……人間の都合だけでこの山を観光地にしてしまうことは、少々気が引ける」

魔獣は、魔なる獣。

その身に魔を宿し、凶暴で獰猛《どうもう》な個体が多く、時として人間の生活を脅かす。

しかし——中には、温和で争いを好まぬものもいる。

人間などには全く興味を示さずに、人里離れた場所で生涯を終える個体も、大勢いる。

二年前。

魔王が倒されて以降、大陸の魔獣の多くがその凶暴性を失った。

魔獣が人を襲う事件は定期的に発生するが——その多くが、人間の方から魔獣に手を出した場合だ。

開拓のために魔獣の住処《すみか》を脅かしたり、あるいは牙や角という素材を求めて狩りに出向いたり。

もちろん、手が付けられないほどに獰猛で、喜んで人を喰《く》らう魔獣もいないわけではないが、そんなのは本当に稀有《けう》な例だ。

「まったく。本当に優しいのですから、シオン様は」

アルシェラは嬉《うれ》しそうに、誇らしそうに微笑《ほほえ》んだ。

しかしシオンは、

「優しくなどはない。どっちつかずなだけだ」

と、少し自嘲気味に笑った。

（……難しいものだな）

魔獣は、どこまでいっても魔獣だ。

人は彼らを忌み嫌うし――魔獣もまた、人には懐かない。

魔獣によって家族を失った者からすれば、彼らは忌むべき対象であるし、滅びを願っていることだろう。

相容《あいい》れぬ種族同士の対立は、善悪で語れるものではない。

シオンは一つ息を吐《つ》いた後、

「そういえばアルシェラ。そっちの準備はどうだ？」

と尋ねた。

「はい、一通りの準備は終わっております」

「そうか。では少し早いが夕食としようか」

調査道具の片付けを手早く済ませた後、シオンはアルシェラと共にテントが張られた場所へと戻っていく。

「考えてみると……こうして五人でどこかに泊まるなんて、初めてのことかもしれないな」

ふとシオンが呟《つぶや》いた。

「そうかもしれないですね」

「外出するとなれば、せいぜいビステアの街程度……。先日の武闘大会のときは宿を取ったりもしたが、結局泊まらずに帰ってきた」

「…………」

「僕の体質のせいで、なかなか遠出はできないからな」

不随意のエナジードレイン。

月に一度の朔《さく》の日以外、それを止めることは叶《かな》わない。

だから――外泊や遠出は許されない。

シオンさえ抑えていれば一日二日程度では常人には被害はないが、しかし街にいるのは健康な者ばかりではない。

病気や怪我《けが》をした者がいれば、そんな弱った者ほどエナジードレインの影響は出てしまう。

万が一にも、億が一にも、そんな事態は避けたかった。

「……シオン様。どうか気に病まないでください。我々は今の生活になに一つ不満や不自由などありません」

「ああ、いや、大丈夫だ」

心配そうな顔になるアルシェラに、シオンは慌てて首を振った。

「そこまで気にしているわけじゃない。今更この体質を憂えてもしょうがないからな」

自嘲や自虐はもう飽きた。

後悔や悲観の繰り返しでは、なにも変わらないことを学んだ。

「だから、謝りたかったわけじゃなくて……ええと」

少し言《い》い淀《よど》みつつ、シオンは言う。

「た、楽しみだと言いたかったんだ」

「え……？」

「この五人でキャンプするなんて、初めての経験だからな。だから……まあ、うん、なんだ……普通に、楽しみにしていたぞ、僕は」

温泉の調査に出向こうと思ったのも、一番はそのためだ。

観光地を開発して街の者を助けたい――そんな気持ちもないわけではなかったが、一番の目的ではない。

一番は――この五人で、旅行みたいなことがしたかった。

温泉旅行がしたかった。

キャンプがしたかった。

家族と一緒に、遠出がしたかった。

どこにでもいる少年のように、シオンはそんなことを考えていた。

恥ずかしくて、とても口には出せないが。

「――っ！　ああ、シオン様っ」

気づけば。

アルシェラが思い切り抱き締めてきた。

「うわっ、ぷ」

顔面が胸の深い谷間に沈んでいく。

柔らかな乳房と甘い匂いが、シオンを包み込んだ。

「や、やめろ、アルシェラ……！　なにをする……？」

「申し訳ありません。ですが、シオン様が悪いのですよ？　あまりにかわいらしいことを言うものですから、私はもう我慢ができなくなってしまって」

「か、かわいらしいとか言うな！」

強く否定をした後、シオンはどうにか胸の谷間から脱出する。

「まったく……お前という奴《やつ》は」

「申し訳ありません」

恭しく頭を下げるアルシェラだったが、その顔は半分笑っているようで、反省した様子はあまりなかった。

シオンは深く溜息《ためいき》を吐《つ》く。

そのまま二人で少し歩くと、

「あっ。シオン様とアルシェラ、やっときた！」

こちらに気づいたフェイナが手を振った。

山中の少し開けた場所には大きなテントが張られ、その隣には石を並べて作ったかまどがあり、上に鍋が置かれていた。

中にはシチューがあり、横に立つイブリスがぐるぐるとかき混ぜていた。

「坊ちゃま。少し早いけど、もう始めませんか？　なんか頑張って準備してたら腹減ってきちゃって」

「貴様は半分ぐらいサボっていただろう」

食器の用意をしていたナギが突っ込んだ。

そんな光景を見ていると——シオンは自然と笑みが零《こぼ》れた。

「行こうか、アルシェラ」

「はい」

二人は駆け足となって仲間の下へと向かう。

シオン達五人の、初めてのキャンプが始まった。

第五章　元勇者はキャンプをする

Genius Hero and Maid Sister.4

大陸のどこか。

あるいは、大陸ではないどこか。

空よりもはるかに高い場所かもしれない。

深海よりも深い場所かもしれない。

魔界だったかもしれないし、次元の違う異世界だったかもしれない。

結局のところ、どこでもよかった。

『彼』にとっては居場所など、些末《さまつ》な概念でしかなかった。

「――見たこともないような顔をしているな」

どこでもない場所で、淡々とした女の声が響く。

それと同時に、なにもなかったはずの空間にぼんやりと輪郭が浮かび上がり、一人の女が姿を現す。

凛々《りり》しい顔つきの女だった。

目映《まばゆ》い金色の髪と、白銀の鎧《よろい》。

勇壮な雰囲気を纏《まと》う女は――しかし目だけは死んでいた。

生気の欠片《かけら》もない、空っぽの瞳。

彼女の名は――エターナ。

もっとも、それはあくまで人間だった頃の名前だが。

かつて彼女は勇者として戦い、魔王を滅ぼして世界を救い――しかし呪われ、世界に絶望し魔王となり、そして最後に別の勇者に殺された。

そんな波乱に満ちた人生を歩んだ女は今――どこでもない場所で、一人の少年のそばに立っていた。

「お前のそんな顔は新鮮だよ、ノイン」

「エターナ……」

白髪の少年は、女の声に振り返る。

「ノインって……？」

「お前の名――ということにしたのだろう？　あの少年には、その名を名乗ったのではなかったのか？」

「ああ、そうだったね」

「前にも言ったが、自分でやった悪ふざけを忘れるな」

エターナは小さく息を吐く。

「相当調子が悪そうだね」

「……そうだね」

少年は――ノインは、弱々しい声で応える。

「正直な話……ちょっとまいってるよ。自分で自分の感情がコントロールできない。悲しいのか苛立《いらだ》っているのか落胆しているのか……自分がなにを感じてるのかすらよくわからない。こんな経験は、初めてだ」

「スライムの件では、綺麗《きれい》に出し抜かれてしまったからな」

「まったくだよ……」

肩をすくめるノイン。

「なにもかもが予想外だ。あの少年が――シオン・ターレスクが、あんな方法で僕を出し抜き、そしてあの聖剣を手にしてしまうなんて。計算が完全に狂ってしまった」

「お前の計算が狂うとは、珍しいこともあったものだ」

「珍しいどころか、初めてかもしれない」

ノインは言う。

「初めてだよ。こんなに思い通りにならないことは……」

「…………」

「今まではなにもかもが僕の手のひらの上だったのに。それなのに……ああ、くそ。こんな勇者は初めてだ」

「悪かったな、簡単に思い通りになってしまう勇者で」

淡々と言うエターナ。

表情は変わらないが、口調にはわずかに拗《す》ねたような響きがあった。

「ああ、ごめんごめん。別にきみをバカにしたわけじゃないよ」

ノインは苦笑気味に言う。

「きみは極めて優秀な人間であり、立派な勇者だった。きみだけじゃない。きみ以外の奴《やつ》だってそうさ。全員が全員、強くて優しくて賢くて……だからこそ、みんな僕の用意した筋道通りに動いてくれた」

「『バカにしていない』のではなかったのか?」

「もちろんだよ。バカになんてしていない。むしろ敬意を払っているし、感謝だってしているよ。物語の中で与えられた役割を全うしてくれたことをね」

バカにするのではなく、本当に純粋に褒《ほ》め称《たた》えるように、ノインは言った。

エターナはこれ以上議論するだけ無駄と判断したのか、反論することをやめて小さく溜《ため》息《いき》を吐《つ》いた。

「困ったなあ」

ノインは呟《つぶや》く。

「本当に困った。正直……手に負えないよ。こんなはずじゃなかったんだけどなあ。今まで通り、流れ作業みたいな形で簡単に上手《うま》くいくと思っていたのに、予想外に手こずってしまっている」

「………」

「ああ、心配しなくても――諦めたりはしないから安心してね」

「誰も心配などしていないが」

淡々と言い返すエターナだったが、ノインは構わず続ける。

「こんなところで物語を諦めたりはしない。ここで筆を折ってしまうのは、きみに――いや、きみ達に申し訳がないからね」

「恩着せがましいことだ」

エターナは言う。

「私は貴様の描く物語に興味などないし、ここで話が中途半端に終わったところで構わない。今の私はただの死人。貴様に利用されるだけされて、すでに身も心も朽ち果てた。怒りや憂いを感じるだけの心は、もう残っていない」

冷め切った声で続ける。

「もはや世界に興味などない。どうなろうが……至極どうでもいい」

「つれないことを言うね」

「私以外の七人がなにを思うかは知らないが、おそらくどいつもこいつも思うことは同じだろう。皆、貴様の物語に興味などない」

「あはは。だろうね、うん、そりゃそうだよ」

ノインは噴き出すように笑った。

「それでいいよ。別にきみらを喜ばそうと思っているわけじゃない。きみ達に申し訳ないって言ったのは……まあ、なんていうか、僕のただの自己満足だよ」

「…………」

「投げ出さずに最後までやり通すことが、きみ達への最低限の礼儀だと思っている」

ノインは言った。

「さて……じゃあ、行こうかな。正直億劫《おっくう》だけれど、こんな形で物語を投げるわけにはいかないからね」

自分に言い聞かせるように言った後、ノインはその場から消えた。

どこでもない場所には、エターナが一人残される。

しかし彼女の輪郭は、徐々にぼやけていく。

体は段々と薄くなっていき、陽炎《かげろう》のようにゆらめく。

「……やっぱり、見たことがないよ」

体が消えゆく中で、エターナはぽつりと呟《つぶや》いた。

「初めて見るよ、ノイン。お前の——そんな楽しそうな顔は」

そんな言葉だけを残し、女の姿は完全に消失した。


シチューや焼いた肉や魚、そして少々のお酒。

夕食を終えた後は、火を囲みながら談笑。

夜空の下で、五人はキャンプを満喫した。

野営の経験自体は——ないわけではない。

二年前、勇者パーティとして行動していたときは、仲間達とテントを張って泊まることは多々あった。

しかしそれは、あくまで戦時中のこと。

敵地、あるいは物資も少ないような場所で、交代で見張り番をしながらひっそりと夜を過ごしただけのこと。

シオンにとっては、初めてだった。

こんな楽しいだけの野営は。

時が過ぎるのも忘れて楽しんだ後——

五人はテントの中で床につく。

事前の相談の結果——持ってきたテントは一つ。

大きなテントで五人一緒に寝る計画となっていた。

そこまでは事前に決まっていたことであるのだが——しかし当然と言うべきか、土壇場になって一騒動が起きる。

「やだぷーっ！　私がシオン様の隣に寝るんだもーん」

「なにを言ってるのフェイナ。今日は私が添い寝当番だったはずでしょ？　シオン様の隣に寝るのは私よ！」

「今日はキャンプだよ？　当番なんかリセットされるんですぅ」

「いつ決まったのよ、そんなこと」

「だいたい、このテント、五人で寝ると結構手狭だからさー。アルシェラが近くにいると……シオン様、狭くて暑苦しいんじゃないかなー？」

「どういう意味よ！」

「いえいえ別にー、他意はないですぅー」

「ったく、どうでもいいからよー、とっとと寝ようぜ。私はもう、眠くて眠くてしょうがねえんだよ……」

「おい、イブリス……貴様、一人でスペースを取りすぎだぞ」

「あん？　ナギ、硬いこと言うなよ。私は寝返り打てるぐらいのスペースがないと眠れない繊細な奴《やつ》なんだよ」

「いつでもどこでも居眠りをしている奴がよく言うものだな……」

「狭いならナギは座って寝ればいいだろ？　ほらお前、よく刀抱えた状態で座って寝てたじゃねえか？」

「戦時中でも敵地でもないのに、そんな寝方をしてたまるか。私だってのびのびと寝たいんだ」

「ふーん。そんなこと言って……お前も本当は坊ちゃまと一緒に寝たいんじゃねえのか？」

「なっ⁉　な、なにをバカなことを……！　私は別に、そんな……普段添い寝していることも、あくまで主君の命令だから従っているだけであり、だから……」

「ははは。顔真っ赤だぞ」

「くっ……き、貴様こそどうなんだ、イブリス？」

「あん？」

「貴様だって本当は……お屋形《やかた》様と一緒に寝たいのではないのか？」

「は、はあ？　な、なにバカ言ってんだよ……。私は別に……元々一人で寝たい派で、添い寝なんざ命令だからやってるだけで……」

「ふん。どうした、顔が赤いぞ？」

「っ……。お、お前も言うようになったな、ナギ。面白《おもしれ》え。ちょっと表出ろよ。その喧嘩《けんか》、買ってやるぜ」

「いいだろう。その勝負、受けて立とうではないか」

「ああもう！　怒ったよアルシェラ！　タイマンでケリつけようじゃん！」

「望むところよ！　なんならあなた達全員、まとめて相手をしてあげてもいいわよ？　メイド長の実力を見せてあげるわ！」

テント内騒動はどんどん苛烈となり、最終的には外に出てバトルロワイヤルでも始めそうな空気となったが、

「いい加減にしろ、お前ら！」

とシオンが一喝したことで、喧嘩《けんか》は鎮静化。

最終的に寝る場所は――くじ引きで決めることとなった。

場所決めが終わると、皆が指定の位置で床につき、明かりを消した。

少しの間ちらほらと談笑があったが、やがてそれも終わる。

寝息だけがテント内に満ちるようになった。

夜は静かに更けていく。

やがて。

深夜を過ぎた頃――

「…………」

ぱちり、と。

シオンは目を覚ました。

まだ少し眠気の残る頭を起こし、なにげなくテントの中を見回す。

（あれ……？）

いない。

一人だけ、いない。

他の三人はすうすうと寝息を立てたままだが、彼女一人だけがいなくなっている。寝ていたはずの場所が、ぽっかりと空いていた。

（……フェイナ？）


物音を立てずにテントから出て、シオンは辺りを散策する。

静かな夜だった。

風が木々を揺らす音だけが、嫌に響く。

月の光だけを頼りに、薄暗い森を歩いていると——

少し開けた場所でフェイナを見つけた。

そして、息を呑《の》んだ。

「…………」

彼女は——舞っていた。

月明かりの下で、たった一人で踊っている。

見たこともない踊りだった。

あるいはそれは、もしかすると踊りではなかったのかもしれない。

技術として体系化されている舞踏や舞踊とは、なにかが違うような気がした。フェイナの動きには統一性も規則性も全くない。

時にしなやかに、時に荒々しく。

まるで、思いつきのままに手足を動かしているような——

稚拙と言ってしまえば、それまでなのだろう。

技術的に難しいことなどなにもしていない。

子供にできるようなことしかやっていない。

それなのに——どうしてか目が離せなかった。

やがて雲が流れ、半分隠れていた月が露《あら》わとなる。

今宵《こよい》は満月だった。

感情と本能のまま、夜を背景に音もなく舞い踊る彼女には、一言では形容しがたい美があった。

シオンが圧倒され、言葉を失って見入っていると、

「……ん？　あ、あれ？」

フェイナがこちらに気づいた。

踊りをやめて、小走りで近づいてくる。

「シ、シー様……？　どうして、ここに？」

「目が覚めてしまってな」

少し困り顔で言うフェイナに、シオンは答える。

「……本当に踊りが得意だったんだな」

ビステアの酒場でフェイナが踊りを披露したと聞いたときは、信じられない気持ちが強かった。

もちろん嘘《うそ》をついてるとは思わなかったが、彼女がどんな風に踊るのかまるでイメージができなかった。

でも、今なら納得ができる。

あれだけの踊りを見せられれば、誰もが見入ってしまうだろう。

頭ではなく心に訴えるような、本能の舞。

専門家が技術的な視点で見た場合は大して評価されないかもしれないが、それでもなにかが――技術を超えたなにかが籠もった踊りだった。

「うわー……やだもう、やっぱ見てたんだ、シー様……恥ずっ」

「なにを恥ずかしがる？　美しい舞いだったぞ？」

「いやいや、そんな大層なもんじゃないから……あとなんか、痛くない？　夜中に一人で踊ってるなんてさ。すげえ自分に酔ってるみたいで……」

よくわからないポイントで恥ずかしがるフェイナ。

頭を掻《か》いた後に、

「なんか私も、目ぇ覚めちゃったんだよね」

と、ぽつりと零《こぼ》すように言った。

それから顔を上げ、夜空を見上げる。

視線の先には、青白い光を放つ満月があった。

「月がまーるいせいかな？　変に気が高ぶっちゃって、うわーっとなっちゃって……それでつい、踊っちゃった次第です」

苦笑気味に続ける。

「私が生まれたのも、こんな満月の夜だった」

「…………」

笑ってはいるが、表情にはかすかに悲痛な色が浮かぶ。

シオンもまた、胸に痛みが生まれた。

『金狼《マーナガルム》』

その名に『月を喰《く》らう犬』という意味を持つ伝説の魔狼《まろう》は、魔界における天災の如《ごと》き儀式によって生まれた。

魔界には数百年に一度、魔狼が大量発生する時期があると言われる。

増えすぎた魔狼の集団は、黒い津波となって大地を疾走し、魔界各地に甚大な被害をもたらす。

人間の世界でいうところの——蝗害《こうがい》に近い現象だ。

ある種の飛蝗《バッタ》は、生まれ育った集団が過密状態であるとき、『群生相』と呼ばれる状態へと変化する。

『群生相』となった飛蝗は、通常の個体より翅《はね》が長く、脚が短く、色は黒くなり——そして、より獰猛《どうもう》で凶暴となる。

各地の作物を食い荒らし、同種の飛蝗すらも共喰いする。

大地を埋め尽くす黒い飛蝗の群れは、人間の世界では天災として恐れられ、地域によっては飛蝗は悪魔の化身と呼ばれ忌み嫌われる。

そして。

魔界における魔狼の大量発生も、それとよく似ていた。

過密状態で育った狼《おおかみ》は、より凶暴に、より凶悪な性質へと変化し、食欲のままに魔界の全てを貪り尽くそうとした。

そんな災害に対処するために——当時の魔王を筆頭とした魔界の有力者達は動いた。

魔界の有力者達ですら増えすぎた狼には手を焼いたが、彼らの尽力によって徐々に徐々に魔狼《まろう》はその数を減らしていく。

そして——最後の最後。

幾人かの賢者が知恵を絞り、狼を一カ所に閉じ込める策を編みだした。

魔王達は魔界の一部を砂漠に変え——そこに残った六六六匹の狼を誘導し、結界によって空間を閉じた。

昼は灼熱《しゃくねつ》、夜は極寒となる、地獄の如《ごと》き砂漠。

草木はおろか水すらもない世界で、隔離された狼達は——共喰《ぐ》いを始めた。

餓えを凌《しの》ぐために躊躇《ちゅうちょ》なく、隣にいる同族へと牙を向けた。

食欲のままに、生存本能のままに、ひたすらに互いを貪る。

脳も眼球も臓腑《ぞうふ》も、血の一滴すらも残さずに喰らい尽くす。

一頭、また一頭と、日ごとに数を減らしていく生存競争。

血で血を洗うような闘争と食事の果てに、魔狼達の魔力は溶け合うように混じり合い、色濃く煮詰まっていった。

そして最後に残った一体は――絶大な魔力を有することとなった。
全てを切り裂く爪と、全てを貪り喰らう牙があった。
けれど。
周囲にはもう、誰もいない。
彼女の周りには、餌も仲間もいない。
どれだけ強靱《きょうじん》な牙と爪があったところで、喰らうべき相手がいない。
血が染み込んだ砂漠の上で、たった一人。
もう共喰いはできない。
地獄のような共喰いの果てに待ち受けていたのは――絶対的な孤独だった。
さめざめと美しい満月だけが、彼女を照らしている。
そこで彼女は――吠《ほ》えた。
月に向かって吠えた。
狼の遠吠えのようでもあり、赤ん坊の産声のようでもあり。
そして――慟哭《どうこく》のようでもあった。
砂漠の中でたった一人、いつまでもいつまでも吠え続ける。
けれど、応える者はいなかった。

「……なんでかなー？　なんで吠《ほ》えたんだろうね、私？」

滔々《とうとう》と過去を語った後に、フェイナは困ったように笑った。

「なんか……うわーっ、ていう気持ちのままに吠えたんだよね。あれだっけ？　人間も生まれたら泣くんだっけ？」

「……そうだな」

「じゃあ、そんな感じなのかな。私もあの日、生まれたようなもんだから」

「………」

「それ以前の記憶は、ほとんどない。全くないわけでもないんだけど……なんだろうね？　自分じゃない誰かの記憶みたいで——いや、逆かな」

フェイナは困ったように言う。

「あの日に——誰《わたし》かは新しい私《だれか》になったんだよね」

「………」

無数の魔狼《まろう》の魔力は、凄絶な共喰いの果てに溶け合うように混じり合い、煮詰まって濃くなっていった。

そのとき魔力と同時に——記憶すらも溶け合ったと考えられる。

最後に生き残った一体に宿った魂や人格が、どの個体のモノかはまるでわからない。

どれか一つの人格が生き残ったのか、それとも無数の個体の人格が統合された結果か。

シオンはもちろん、フェイナ自身にすらわからないのだ。

「吠えて吠えて、喉が嗄《か》れるまで吠え続けたけど……それでも誰からの返事もなかった。周囲にあるのは砂だけで、他にはなにもなかった……」

砂漠で生まれた狼《おおかみ》は、吠え続けた。

それはきっと、赤ん坊が親を求めて泣くような行為だったのだと思う。

誰かを。

自分以外の誰かを、求めたのだ。

それでも——彼女の声が誰かに届くことはなかった。

魔王達が叡智《えいち》を結集させ、魔狼を全滅させるために作った砂漠。最後の個体が死滅するまで、結界が解かれることはない。

「完全に喉が潰れて、どんだけ吠えても血しか出なくなった後……私は——踊ったんだ」

フェイナは言った。

「踊った……？」

「うん。まあ、踊ったっていうか、暴れたって言った方が正確かもしれないけど。なにも考えずに、湧き上がる感情のままに、好き勝手に動き回っただけ」

たはは、と。

力なく笑うフェイナ。

「意味わかんないよね。そんなことしたって余計にお腹《なか》がすくだけなのに、飢《う》え死にするのが早まるだけなのに……それなのに私は、踊り続けた。たった一人で、ずっと……」

「…………」

餌も水もない極限状態で、喉が嗄《か》れた後にたった一人で意味もなく踊り続けた理由——シオンにはなんとなく、それがわかるような気がした。

孤独。

その果てのない虚《むな》しさも、少しならばわかる。

王都を追放されてからの一年——シオンはたった一人で流浪の旅をした。誰とも関わらず、交わらず、人里を避けて歩き続けた。

今の屋敷を見つけて住み着いてからも、虚しさは変わらない。

孤独に押し潰されそうな毎日だった。

（……僕の孤独など、フェイナとは比較にならんだろうな）

孤独と言えど、シオンは飲む食うには困らなかったし、書物や新聞などで外界の情報を手にすることはできた。

月に一度は街に行って買い物もできた。

でも——フェイナは違う。

食料も飲み水もなければ、自分以外は砂しかない砂漠の地。

共喰いの果てに生まれた命は、自分の記憶すらも不確かな状態で、そんな極限の地に立つしかなかった。

孤独の質が、明らかに違う。

だから——わかる気がする。

吠《ほ》えて吠えて、そして喉も嗄れた後に、彼女が踊った理由が。

「見て欲しかったんだよね、たぶん」

フェイナは言った。

それは、シオンの推測と同じ答えだった。

「誰でもいいから、誰かに見て欲しかった。ここに私がいるってことを、ここで私が息をしてるってことを……誰でもいいから誰かに気づいて欲しかった」

だから精一杯踊った。

と、フェイナは言った。

それは真実の意味で、精一杯だったのだろう。

なりふり構わず全身全霊で、己の存在を全身を使って証明しようとした。

見て欲しかった。

見つけて欲しかった。

自分ではない、誰かに――

（だから、フェイナの踊りは、あんなにも……）

技術的には拙く、型もなにもないフェイナの踊りが、どうしてこんなにも人の心を揺さぶるのか、わかったような気がした。

フェイナの踊りは、彼女にとって唯一の、孤独を紛《まぎ》らわす術《すべ》だった。

他者を求める激しい慟哭《どうこく》が、踊りを通じて他者の心にまで届くのだろう。

「ま、結局無駄だったけどね。どんだけ踊っても虚《むな》しいだけだった。誰にも、気づいてもらえなかった」

自嘲気味に言った後、彼女は天を仰ぐ。

「月が出てる夜は……少しマシだったかな。誰も見てくれない私のことを、月だけは見てくれてるような気がしたから」

「………」

「って、あはは。ちょっと虚しすぎかな？　お月様が観客なんて」

おどけるように言って、肩をすくめるフェイナ。

「結局、何年ぐらい一人で踊ってたかなあ……？　日付の感覚なんか完全になくなってたから、自分でもさっぱりわかんないや」

人間ならば――飲み水がなければ三日と保《も》たずに死ぬだろう。

しかし魔族は、人間とは体の作りが違う。

まして――『金狼《マーナガルム》』と呼ばれるほどの魔力の持ち主ならば、他の者とは比較にならぬほど生命力は高いことだろう。

それゆえに――凄絶な地獄を見る。

どれだけ飢《う》えても渇いても、死ぬに死ねない生き地獄を――

「どれだけ踊り続けてもなにも変わらなくて、最後にはとうとう体の限界で身動き一つ取れなくなって……飢え死に寸前のところで――結界が解かれて、魔王様が私を出してくれた。『私の配下になるなら助けてやる』ってさ」

フェイナを閉じ込めた魔王ではなく、次代の魔王だろう。

二年前に――シオンが殺した魔王だ。

（その辺りの話なら、聞いたことがある）

シオンが生まれる前の話だが、人間の世界にまでも伝わっている噂《うわさ》だった。

砂漠に幽閉されていた伝説の魔狼《まろう》を、魔王が配下に加えた、と。

「その後は知っての通り、魔王様の命令で動いて、いつしか『四天女王《レディストピア》』なんて呼ばれて、そんでシー様とバトったりもしちゃったわけだけど……なんだかなあ」

伏し目がちとなり、物憂げな息を吐き出す。

「なんか虚しいよね、私の人生」

「虚《むな》しい……」

「生まれた瞬間から天涯孤独みたいなもので、その後は命じられるがままに戦って戦って……ほんと、なんもない人生だった」

「……今も、そう感じているのか？」

不安から問うてしまうシオン。

しかしフェイナは、

「へ？」

と素っ頓狂な顔をした。

そして噴き出すように笑う。

「ぷっ……あはは。なに言ってるのシー様？　そんなわけないじゃん」

フェイナは言った。

きっぱりとあっさりと、言い切った。

「全部昔の話、過去形の話。今は全然ちっとも、虚しくなんかないよ。今までで一番楽しくて、一番充実している」

「そ、そうか」

照れ臭くなって顔を逸《そ》らすシオン。

つい不安から尋ねてしまったけれど、こうもまっすぐ否定されると今度は恥ずかしくなってしまう。

「忘れちゃったの？　確か前にも言ったよね……シー様と一緒にいると、生きてて気持ちがいいって」

それは確かに、言われた台詞《せりふ》だった。

武闘大会のとき、宿でフェイナと二人きりになったとき、彼女がシオンの太ももに頭を乗せながら言ったことだ。

――シー様と一緒にいるとさ、なんていうか……生きてて気持ちがいいんだよね。今までのどんな場所よりも、ずっと。

「伝わってなかったかなあ？　私、自分で言うのもなんだけど、めちゃめちゃ楽しそうに毎日を生きてると思うんだけど？」

「……そうだな」

「あはは。否定しないんだ」

けらけら笑うフェイナ。

さすがに否定できなかった。

だってフェイナは――毎日毎日、本当に楽しそうに生きているから。

「ずっと欲しかったもの……たぶん生まれた瞬間から、ずっと求めてたもの……私はやっと手にしたんだよね。一緒にいると、『自分は一人じゃない』って実感できるような、大事な家族を……」

穏やかな微笑を浮かべて言うフェイナだったが、やがてその顔が徐々に赤らむ。

「……うわっ。恥ずっ。なんかすごい恥ずかしいこと言っちゃったかも……！」

「なにも恥ずかしがることはないだろ？」

「いやー、なんか恥ずいって！　家族ってさあ……うわー、やっぱ満月で気が高ぶってるからかなあ。ねえシー様……今のこと、他の三人には言わないでね？」

「わかったわかった」

苦笑しつつ、シオンは頷《うなず》いた。

「それにしても……フェイナの踊りを見ることができてよかったな。ビステアでの話を聞いてから、機会があれば見たいと思っていたが」

「なんだ、そうだったの？　言ってくれれば……まあ、気が乗ったときは踊ってあげたのに。もっと……エッチな格好で」

「いらん。しかしフェイナ。興味があるならば、専門的に学んでみたらどうだ？」

「え？」

「これからも例の酒場で踊るつもりなのだろう？」

「まあ、気が向いたタイミングで」

「ならばどこか、きちんとした場所で学んでみるのもいいと思うぞ。金が必要ならば僕が出してやる」

「え、えー……ど、どうしよっかなー。まあちょっと考えてみるぅ……」

そんなやり取りをした後、

「――っ」

ふと、フェイナが顔を上げた。

背後を振り返り、遠くを見るようにする。

「どうしたフェイナ？」

「……なんか、鳴き声がした」

「なに？　魔獣か？」

「うん、たぶん……」

やや自信なげに言う。

聴覚や気配を察知する力は、フェイナはシオン以上のものを持っている。

そんな彼女が曖昧な言い方をしたということは、対象はかなり遠方にいるか、あるいは――気配が相当小さいということだ。

「襲ってくるとかは、たぶんなさそう。声はすごく小さいし……なんか、弱ってるみたい」

「弱ってる……？」

シオンもまた、フェイナが向いた方角へと意識を集中させてみる。

遠方、数キロ先。

集中させねばわからないほどの、わずかな気配があった。

「……確かに魔獣がいるな。しかも……今にも消えそうな気配だ」

「ちょっと行ってみよう、シー様」

「ああ」

二人は森の中を駆け抜け、気配がした方角へと走る。

ほんの数分で、気配の持ち主の下へと辿《たど》り着《つ》いた。

「……子犬？」

そこにいたのは——小さな犬だった。

黒い毛並みの小型犬のように見えるが、しかしわずかながらに魔力を感じる。

魔獣には違いない。

まだ大した力も持っていない、子供の魔犬だ。

「シー様、こいつ……怪我《けが》してるみたい」

子供の魔犬は、大木の根本にもたれかかるように倒れていた。胴体に深い切り傷があり、血がダラダラと流れている。

目に力はなく、呼吸は今にも止まりそうだった。

「シー様……」

「わかっている」

頷《うなず》いた後、シオンは子犬に手をかざした。

治癒魔術を発動する。

不死の肉体になり、自身の体に治癒が不必要になってから、シオンは以前より治癒魔術が下手になっていた。

しかしそれでも、並みの魔術師よりははるかに高い実力を誇る。

（出血は酷《ひど》いが……傷自体はそこまで深くないな）

症状を見ながら出力を調節していく。

ほんの数秒で、傷は完治した。

「よし。もう大丈夫だ」

「やった。さすがシー様」

怪我が治った魔犬は、最初は不思議そうに首を回して傷跡や周囲を見つめていたが、やがて元気に吠《ほ》え始める。

「あはは。お礼言ってるよ、シー様」

「ほう。フェイナは犬の言葉がわかるのか。初耳だな」

「いやなに真面目な顔で分析してんの？　いくら私が狼《おおかみ》でも、犬語はわかんないから。ノリで言っただけ」

素で勘違いをしたシオンに、やれやれと突っ込むフェイナだった。

「う～わ～、なんかめっちゃかわいいなあ、この犬。ほらほら、こっちこっち」

目をキラキラさせながら、フェイナはしゃがんで手招きをする。

傷を治してもらった恩を感じているからなのか、魔犬はさして警戒することなく近寄ってきた。

フェイナはひょいと持ち上げると、頬《ほお》をすり寄せて抱き締めた。

「きゃーっ。かわいいっ、すっごくかわいいっ！　モフモフしてる、めっちゃモフモフしてる！」

「……大げさだな」

「なにシー様、嫉妬？　そんなに僻《ひが》まなくても、次はシー様の番だから」

「や、やめろ！　別に僕は、お前に頬ずりなんかして欲しくない！」

「へ……？」

全力で否定するシオンに、きょとんとするフェイナ。

「次はシー様にこの仔《こ》を渡して、モフモフさせてあげるって意味だったんだけど……」

「……なっ」

またも勘違いしてしまうシオン。

しかも今度のは、相当恥ずかしい勘違いだった。

案の定フェイナは、意地の悪そうな笑みを浮かべる。

「うっわー、シー様ってばなにを期待しちゃってるのー？　そんなに私に頬ずりして欲しかったの？　言ってくれればいつでもしてあげるのに」

「う、うるさい！　寄るな！　寄ってくるな！」

「あはは。じゃあはい、シー様の番」

そう言ってフェイナは、シオンに子犬を渡してきた。

恐る恐る受け取り、そして毛並みを確かめてみる。

（ほう……）

ふわふわとした手触りは、確かに気持ちのいいものだった。

一通り楽しんだ後に地面に下ろすが、子犬はシオン達に相当懐いてしまったらしく、どこにも行こうとしない。

「この仔、どうして一人でいたのかな？」

「……たぶん、僕の威嚇のせいだな。親や仲間がこの付近から逃げ出す際、はぐれてしまったんだろう」

「あー、そっか。怪我《けが》してたから出遅れちゃったんだね」

「いや……どうだろうな」

普通に考えれば、怪我《けが》のせいで仲間についていけなかったと考えるべきだが、それにしては少し、傷跡が新しかったような気もする。

てはぐれた後に、どこかで怪我をしてしまった可能性の方が高い。

（……まあ、いずれにしても僕の威嚇が関係していることに変わりはないか）

少し責任を感じてしまうシオンだった。

「そっかそっか……ひとりぼっちで寂しかったろうね」

フェイナが再びしゃがみこむと、子犬もまた寄ってきた。

「あー、もう、ほんとにかわいいなあ。ねえ、シー様、この仔《こ》うちで飼っちゃダメかな？」

「なに……？」

「屋敷に連れて帰って、飼っちゃダメ？　ちゃんとお世話するからさ」

「……ダメだ。魔獣を人里に下ろすことは許可できない」

魔獣は魔獣。

今はまだ小さくて人懐こいが、このまま成長すればどうなるかわからない。

そもそも魔獣は、人間の匂いを好まず、人に懐くことは極めて少ない。

フェイナは魔族であり、シオンも今は魔族に近い状態にあるから、警戒心が薄くなっているようだが、この子犬が他の人間にどのように反応するかはまるで予測がつかない。

また、この魔獣を追って母親や仲間が人里に下りてくる可能性もある。

様々なリスクを考えると、とても許可は出せなかった。

「えー？　どうしてもダメ？　屋敷から絶対に出さなきゃ大丈夫じゃない？」

「そんな風に閉じ込めてしまったら、その犬がかわいそうだろう」

それに、とシオンは続ける。

「屋敷の中だからといって安全なわけじゃない。なにせ屋敷には……僕がいるからな」

あっ、とフェイナは自分の失態を恥じるような顔をした。

エナジードレイン。

シオンの呪われた体は、近くにいる者の生命力を吸ってしまう。

『四天女王《レディストピア》』は眷属《けんぞく》契約のため対象外となっているが――他に例外はない。

犬などを飼ってしまえば、シオンがどんなに抑えていようとも、日々の生活の中で徐々に命を吸われ、ゆっくりと死んでいくことだろう。

「僕と一緒の屋敷で生活なんてすれば、その小さな体では一月と保《も》たずに死に至るだろう。眷属契約も不可能だ。お前達は高位魔族だからどうにか成立したようなもので、下位の魔獣に耐えられるものじゃない」

淡々とシオンは言う。

「だから、うちで飼うのは無理だ。すまないな」

「……ううん、私の方こそごめん。ちょっと舞い上がってた」

素直に頭を下げるフェイナだった。

「そうだよね、この仔《こ》もきっと、この山に家族がいるんだろうし」

子犬を真っ正面から見つめて諦めの言葉を口にする。

しかし、徐々に迷うような顔つきとなっていく。

「うー、あー……ねー、シー様。飼うのは諦めたから、今日だけこの仔と一緒に寝てもいいかな？」

「…………」

「テントの中にはいれないから。私、この仔と一緒に外で寝るからっ」

「……はあ。好きにしろ」

「わーい、シー様、大好き！」

溜息《ためいき》交じりにシオンが言うと、フェイナは快哉《かいさい》を叫んだ。

深夜——

「じゃあシー様、そろそろ寝よっか」

子犬を愛《いと》おしそうに抱えたまま、フェイナは言った。

「いや、僕はもう少し歩いてからにする。先に戻っていてくれ」

「ふうん？　なに、おしっこ？」

「……仮にそうだったとしても、そういうのは尋ねないのがマナーだ」

「あはは。わかったわかった。じゃあ先に戻ってるねー」

軽く別れを済ませて、フェイナは去って行く。

テントの方へと戻っていくが、子犬と一緒に寝ると言っていたから、きっとテントの裏辺りに寝転がって夜を明かすつもりなのだろう。

満月の下——

一人残されたシオンは、ゆっくりと目を閉じた。

「……さて」

閉じた目を——開く。

その瞳には、鋭利で硬質な輝きが宿っていた。先ほどまでフェイナに向けていた目とはまるで違う。

警戒と敵意。

そして、揺るぎない覚悟。

強い意思の宿る瞳で、シオンは背後を振り返る。

「待たせたな」

そこに――いた。

まるで、最初からその場所に立っていたかのように、いた。

月光を背景として、ごく自然に立っている。

白髪と、穏やかな顔つき。

華奢《きゃしゃ》で小さな背丈。

どこにでもいるような少年に見えるが、しかしシオンは彼に対して不気味な違和感を抱かずにはいられなかった。

違和感がないことが違和感。

自然すぎて不自然。

まるで、矛盾することにすら矛盾しているかのような――

「久しぶりだね――シオン」

少年は、ノインは言った。

馴《な》れ馴《な》れしく、まるで旧知の仲であるかのように。

「武闘大会以来かな」

「そうなるな」

「とは言え、僕の方はあんまり久しぶりって感じがしないんだけどね。きみの動向にはいつも気を配ってるから」

「…………」

「まあなんにせよ——呼び出しに応じてもらえて嬉《うれ》しいよ」

へらへらと笑って言うノイン。

シオンは口元を引き結び、険しい顔で彼を睨《にら》みつけるようにしていた。

さきほど——

テントの中で寝入っていたシオンが目を覚ましたのは、用を足すためでもなければ、フェイナの不在に気がついたからでもない。

呼ばれたからだ。

方法はわからない。

ただ、呼ばれた、ような気がした。

気がした、としか言えない。

感覚でなんとなく悟った、としか言えない。

よくわからない未知の手段で、シオンの心に声をかけた。

二人きりで話そう、と。

それだけで——十分だった。

名乗りなど不要。

神童と謳《うた》われ、あらゆる魔術に精通したシオンにすら、見当もつかないような連絡手段——それが逆に、これ以上ないぐらいの名刺代わりとなっている。

「僕になんの用だ、ノイン」

警戒を露《あら》わにしながら、シオンは問うた。

「用というほどのことでもないよ。単純にきみを——称賛しに来たんだ」

「称賛？」

「称賛……あるいはいっそ、降参しに来たといってもいいかな」

わけのわからないことを一人楽しげに言うノイン。

それから、

「スライムの一件……あれは、見事だったよ」

と続けた。

本当に賞賛するような口調で。

「……やはりあのスライムは貴様の差し金か」

「もちろん」

首肯するノイン。

こうもあっさりと肯定されると、なんだか拍子抜けだった。

「まあ、僕の仕業ってことぐらいやっぱり察してるよね」

「………」

「困ったものだよ。きみを罠《わな》にハメるためには、なにかしら規格外で理不尽なことをしなければならないんだけど……そうするとどうしても、常識では不可能なことをしなければならなくなる」

ふう、と力なく息を吐く。

「常識外れなことを行えば、当然僕の仕業を疑われてしまう。やれやれ、失敗だったな。こんなことならきみに姿なんて見せない方がよかったかもしれない」

「………」

「スライムは僕が仕掛けた。ならばすでに、その目的もわかっているのだろう？　なにせ——あんな方法で僕を出し抜いたんだから」

いかなる攻撃も無効化する原初スライム。

迅速に倒すためには——右手の力を使う他なかった。

だから、シオンは使った。

呪いの力を、『真呼吸《ノーブレス》』を使った。

ただし。

切り離した右手だけで。

おかげで――聖剣を、吸収することなく手にすることができた。

「あのスライムは……僕に聖剣を吸収させるために用意させたのだろう？　あの、素体とも呼ぶべき聖剣を」

「ご明察」

ノインは言った。

「素体か……いい表現だね。確かにあれは、聖剣の素体みたいなものだ。余計な能力など一切なく――ただ、きみに吸収させるために作ったもの」

「作った……やはり貴様が、あの聖剣を」

「ああ、そうだ。そして……あれだけじゃない。この大陸に散らばる聖剣は、その全てが――僕が作ったものだ」

「なんだと……？」

口の中が渇き、鼓動が速まる。

動揺を必死に押し殺しながら、シオンは問う。

「ならば、貴様が――」

「まあ、そうだね。いわゆる神ってやつだ」

あっさりと。

本当にあっさりと、ノインは言った。

「…………」

シオンは――なにも言わない。

信じられないという気持ちも強いが、どこか納得もしている。心の奥底ではなんとなく察していたことなのかもしれない。

「あはは。なんだか恥ずかしいよね。何度やっても慣れないよ。『私は神です』みたいな名乗り。自分から言うことじゃないよなあ。うーん。でも自分で言うしかないし……やれやれ。こういうときこそ解説役としてエターナを連れてくるんだったかな」

エターナ。

かつての魔王。

シオンが殺した魔王。

彼女が、人間だった頃の名が――勇者だった頃の名がエターナだという。

先日の武闘大会。

ノインによって導かれた異空間にて、シオンは人間だった頃の彼女と相対した。死んだはずの彼女と、再び言葉を交わした。

そんな離れ業も、目の前の少年が神だというのならば、納得がいく。

いや。

納得がいくというより、納得せざるを得ないのだ。

「……ずいぶんと簡単に認めるのだな」

「否定してもしょうがないからね。ここで僕が否定しようと、きみはいずれ真実へと辿《たど》り着《つ》く。というか……薄々察してはいたのだろう？」

「…………」

「ほらね。だからもう、誤魔化《ごまか》すことに意味がないんだよ」

自嘲気味に笑い、ノインは肩をすくめた。

「ここ最近、僕はきみのためにいろいろ動いてはみたけれど……正直、その全てが悪手だった。やることなすこと裏目に出た。その最たるものが、あのスライムの一件だ」

溜息《ためいき》交じりに続ける。

「僕も少し、焦っていたんだろう。初めてだったからね――こんなにも思い通りにならない勇者は。だから自分からアクションを起こしすぎて……その結果が、あの大失態。まんまときみに出し抜かれてしまった」

「………」

「まるで予想できなかったよ。あの状況、あの状態で、『スライムの中に仕込んだ聖剣を吸収させせよう』という僕の作為に感づいて、あんな手段に出るなんてね。心優しいきみならば、仮に僕の意図を察したとしても背後の仲間を守るために右手を使うと踏んでいたけれど……きみは僕の予想の、はるか上を行った」

「…………」

「だからこそ、称賛であり、降参なんだ。まいったまいった。本当に大した奴《やつ》だよ、きみは」

褒《ほ》めちぎりながら、手を叩《たた》くノイン。

ぱちぱち、と虚《むな》しい音が響いた。

「……胡散臭《うさんくさ》いな。なにが狙いだ？」

「狙いなんてない。素直に受け取って欲しいね。あの聖剣——素体の聖剣を奪われてしまったことは、僕にとって相当手痛い失敗なんだ」

苦々しい顔となって続ける。

「あれはきみに取り込んでもらうことだけを考えて急造したものだからね。他の聖剣と違って——あまりに多くのヒントを持っている。僕に繋《つな》がる、僕の目的に繋がる、ヒントをね」

「目的……」

「だからせめてもの負け惜しみで、せめてもの嫌がらせで、こっちからネタばらししてやろうかと思ってね。どうせ気づかれるぐらいならば、いっそ先に——」

「貴様の目的、それは——僕を魔王にすることか？」

シオンは言った。

「聖剣を集め、この右手の力で吸収し続けていくと——僕はいずれ、魔王となってしまうのだろう？」

「………………」

「これまでの勇者達と同じように」

ノインは一瞬呆気《あっけ》にとられた顔をした後、深々と息を吐いた。

「ああ……もう遅かったか。さすがだよ、神童。負け惜しみすら言わせてもらえないなんてね」

「大したことではない。根拠のない推測だ」

謙遜ではなく、本当のことだった。

根拠はなにもない。

けれど——確信めいたものはあった。

最大のきっかけは、エターナの存在。

シオンが殺した魔王。

彼女は元々は人間で——そして、勇者だったという。

人々のために魔と戦う、勇者だった。

先代の魔王を殺した後、彼女は呪われた。

今のシオンと同じような体質となり、存在するだけで周囲の命を喰《く》らう害獣と成り果てた。

そしてシオンと同じように、信頼していた仲間から裏切られ、助けた民から迫害され、差別され侮蔑され——やがて彼女は世界を呪った。

その瞬間から、彼女は新たな魔王となったのだ。

（僕が殺した魔王は、元々は勇者だった。先代の魔王を倒した勇者だった）

ならば——その前は？

彼女が倒した魔王は、元々は——

「魔王とはすなわち、呪われり勇者の成れの果て……なのだな。魔王を殺した勇者は、呪いによって次の魔王となる」

毅然《きぜん》とした口調で、シオンは言い放つ。

「勇者は魔王となり、そしてその魔王を殺した勇者が、次の魔王となる……そんな話が、この大陸ではこれまで何回繰り返されてきたんだ？」

「八回……いや、九回かな」

ノインは言った。

「きみが殺した魔王——エターナは、八番目の魔王だった。だからシオン。きみは九番目となるわけだ」

「…………」

八回。

多いような、少ないような、なんとも言えない回数だった。

シオンが知っている限りの大陸の歴史では、魔王はエターナを含めて五人しか存在を確認されていない。

記録よりもはるかに昔から魔王は存在し——そして、それを殺す者がいたらしい。

「繰り返される魔王と勇者の物語……それを紡ぐことこそが僕の目的であり、使命だ」

「……なぜだ？」

シオンは問う。

「そんなことになんの意味がある？」

目的はわかっても、その意図がわからなかった。

なんのために、シオンを魔王にしようとするのか。

なんのために、勇者と魔王の物語を繰り返そうとするのか。

「意味なんてないよ。ただこの世界は……そういう風にできているんだ」

「そういう、風に……」

「水が上から下に流れるように、風に合わせて雲が流れるように……勇者と魔王の物語は繰り返される。その繰り返しによって、この世界が正しく循環する。ただそれだけのことなんだよ」

「…………」

「意味がわからないって顔だね？　でも、そういうものとしか言えないよ。この世界はずっとそうやって成り立ってきた。そうやって――僕がこれまで維持してきたんだ」

淡々と、ノインは言う。

こちらに説明しているのか、それともただの独り言なのか――その判断に困るぐらい、自分の都合だけを話しているようだった。

「『聖剣』と『魔王の呪い』……きみはもう気づいていると思うけれど、この二つは同じものだよ。ベクトルが真逆なだけで、本質的には同じもの」

「……だから、聖剣を吸収し続けると――魔王に近づくということか」

「その通り。もっと言うとね、元々一つだった力を分離したのが、『聖剣』と『魔王の呪い』なんだ」

元々一つだった力を、分離。

一つだったものを、バラバラに――

「分離されたせいで不安定になってコントロールを失っている状態こそが、勇者が陥る『魔王の呪い』の正体だ。だからその不安定さは、聖剣を吸収することで徐々に解消されていく」

「…………」

『聖剣メルトール』を吸収したことで、シオンの呪いはわずかに弱まった。

それは聖剣の聖属性によって呪いを相殺・中和しているのかと思われたが、しかしその予想は間違っていた。

むしろ――真逆。

聖剣を取り込めば取り込むほど、その力は制御できるようになる。

制御できる――すなわち、より深く己のものとなる。

（『聖剣』と『呪い』）

いつだかの、ナギとの会話を思い出す。

『祝い』と『呪い』。

東方の文字で記されるこれらの文字は、非常によく似ている。

似ている理由は――その本質が同じものだから。

人の理解からはずれた、埒外《らちがい》の力。

人間にとって都合がよければ『祝い』と呼ばれ、人間にとって都合が悪ければ『呪い』

と言われる。

『聖剣』と『魔王の呪い』も――どうやら同じだったらしい。

本質的には同じもの。

でも人は、己の都合だけで呼び方を変えてしまう。

『人の脆弱《ぜいじゃく》さを哀れんだ神が授けた宝剣』などという、人間にとって都合のいい物語を生み出して、信じ切ってしまう。

「散らばった聖剣を、一つ一つ集めていくことで――分かたれた力が一つになっていくことで、呪いの力は制御可能となり……そして、その者は魔王となるわけさ」

「…………」

思い出す。

シオンが対峙《たいじ》した、魔王という存在を。

彼は今のシオンと同じように、存在するだけで命を吸う力を持っていた。

シオンは所持していた聖剣『メルトール』でその力に対抗したが――しかし、魔王の力は、魔王軍の同族に向くことはなかった。

魔王はエナジードレインを――コントロールしていた。

「これまでの勇者はね、一人の例外なく世界に絶望し、魔王になったよ」

ノインは言う。

「命がけで世界を救った後に陥る呪い、急激に手のひら返しをする仲間や民……追放され、迫害され、孤独に堕《お》ちた彼らは……みんな心に魔を宿した」

「…………」

思い出す。

かつての自分を——呪われた直後の自分を。

世界に絶望しかけていた自分を。

「彼らは聖剣にヒントを見つければ、なにを犠牲にしてでも聖剣を集めようとした。かつての仲間だろうと皆殺しにして、元の体に戻ろうとした——そうやって自分本位になってる時点で、世界を救おうとしたときの自分とはかけ離れているとも気づかずにね」

彼らを責めることは、シオンにはできなかった。

世界をまるごと呪い殺したくなるような孤独は——痛いほどわかる。

元の体に戻れるのならば、なにを犠牲にしてもかまわない、という気持ちも。

なんて皮肉な話なのだろう。

なにを犠牲にしてでも元に戻りたい。

勇者として誇りと栄光を取り戻したい。

そんな感情を抱けば抱くほど——勇者だった頃の自分からかけ離れて、魔に堕ちていくなんて。

「聖剣を複数用意してるのも、そのためさ。呪われし勇者は聖剣という希望に取《と》り憑《つ》かれ、その希望のために全てを犠牲とする修羅となり、聖剣を集める過程で争いを繰り返す中、自分にも世界にも絶望して魔王となる。例外はない……はずだった」

呆《あき》れ果てたように、ノインは言う。

「シオン……きみだけだ。きみだけが——思い通りに動かない」

「………」

「こんな勇者は初めてだ。呪われても迫害されても、死にたくても死ねない化け物となっても、人間という生き物の醜さや悍《おぞ》ましさをどれだけ目の当たりにしても……それでもなお、心だけは勇者であろうとする者は」

その声には称賛の色と、同時に侮蔑の色があった。

美しさを褒《ほ》めるようでありながら、美しすぎて気持ち悪いと唾棄するような、矛盾する感情がひしひしと伝わってくる。

「だから僕としても、動かざるを得なかった。今まで続いてきた物語を、これまで紡いできた物語を、こんなところで終わらせるわけにはいかなかった」

「………」

「だから自分から動いて——その結果が、このザマだ。やれやれ。慣れないことはするもんじゃないね」

「……それは残念だったな」

不遜な口調で、シオンは言った。

「長々としたご高説、感謝するぞ、ノイン。おかげで不確かだった推論に裏付けが取れた」

「礼には及ばないよ。最初に言った通り、これは称賛であり、降参だ。そして同時に……宣戦布告でもある」

「なに……？」

「今までのような、どっちつかずの俯瞰的《ふかんてき》な立ち位置では、きみはどうにもできないことがわかった。だから降参なんだよ。この立場では降参……今度からは、明確にきみと敵対しようと思う」

ノインは言う。

今までの彼とは少し違う、敵意を宿した目をして。

不安定でつかみどころのなかった不気味な気配が指向性を持ち——その全てが明確な敵《てき》愾心《がいしん》となってシオンへと向けられた。

「僕は必ずきみを魔王にしてみせる。連綿と紡がれてきた物語を、こんなところで終わらせるわけにはいかない」

「……そんなものは知らん」

シオンは言う。

「勇者も魔王も……僕の知ったことではない。僕は僕として生きていく。こんな僕を……家族と認めてくれる奴《やつ》と共に」

「ふふ。そう言うと思った」

ノインは挑発的に笑う。

「結局は彼女達の存在が大きいのだろうね。真実の孤独からきみを掬《すく》い上《あ》げてくれた彼女達がいるからこそ、きみはまだ世界に絶望せずにいられる」

「………」

「なればこそ、彼女達のためにも元の体に戻りたいとは思わないのかい？　魔王となって呪いを制御下に置き、その力で世界を牛耳り、そして彼女達を配下として置けばいい。かつてのエターナのように」

「そんなことは僕の望みとは反する。そして……あいつらの望みともな」

一縷《いちる》の迷いもなく、シオンは言う。

「僕は世界などいらない。家族が住む家が、一つあればそれでいい」

「不自由な呪いの体でい続けようとも？」

「この体もどうにかしてみせる」

「どうやって？」

「どうにかして、だ」

シオンは言う。

「少なくとも、貴様に用意された道を歩むつもりはない。僕らだけで、必ずどうにかしてみせる。あいつらと共に生き……そして、いつか共に死ぬために」

「ふふふ。まったく……聞いてて恥ずかしいぐらいにまっすぐ愛を語ってくれるね。彼女達がいないからって、素直すぎやしないかい？」

「……黙れ」

茶化《ちゃか》すように笑うノインを、シオンは睨《にら》みつけた。

そして、くるりと踵《きびす》を返す。

「さらばだ、ノイン。できればしばらく顔を見せるな」

「つれないこと言うなよ。どうせすぐにまた顔を合わせることになる」

それだけのやり取りをした後、シオンは歩き出す。

振り返ることはない。

前だけを見て、家族の待つ場所へと歩いて行く。

シオンがいなくなった後――

ノインはしばらくその場に佇《たたず》んでいた。

どこを見ているのかわからぬような目で、ぼんやりと空を見上げていた。

「……はあ」

物憂げに息を吐く。

口の端には微笑があった。

「やれやれ、本当に思い通りにはいかないなぁ」

誰に向けるわけでもなく、一人淡々と呟《つぶや》く。

「こんなにも上手《うま》くいかないのは初めての経験だよ。でもあるいは……人間はみんな、この感覚を味わってるのかな？　だとすれば、貴重な経験をしたと言えるかもしれない」

呟く。

「むしろ喜ばしいことなのかもしれない。自分で考え、自分の意思を持ち、自分の道を自分の足で歩く……立派に自立している彼のことを、僕は素直に喜んで、褒《ほ》め称《たた》えるべきなのかもしれない」

でもね、と。

続ける。

微笑を浮かべたまま、しかし瞳にかすかな苛立《いらだ》ちを宿して。

「親離れにはまだ少し早いぜ——九番目《ノイン》」

と。

ノインは言った。

神は――言った。

シオンと呼ばれる少年のことを、『ノイン』と呼んだ。

『ノイン』

それは古き神々の言葉で、九を意味する言葉――

「また会おう、ノイン。そして今度会ったときには、僕が授けたこの名前で呼ばせてくれ。憎らしいほどに愛《いと》しい、たった一人の我が息子よ」

神は闇に溶け込むように消える。

呟《つぶや》いた言葉は神童に――神の子供に届くことはない。

今は、まだ――

エピローグ

Genius Hero and Maid Sister.4

翌朝――

「あははっ。ほら、こっちこっち！」

テントの周りでは、フェイナが子犬の魔獣と遊んでいた。

二人で駆け回って追いかけっこをしたり、どこからか見つけてきた木の棒を遠くに投げて、子犬に拾わせたり。

「めっちゃめっちゃ懐いてやがるな」

「どっちがどっちにだ？」

「どっちもだな」

「まあ、そうだな。とても楽しそうだ」

朝食のパンをかじりながらどうでもよさそうに言うイブリスと、愛用の湯飲みでお茶を啜《すす》るナギ。

「まったくフェイナったら……」

呆《あき》れたように言いながら、アルシェラはシオンに紅茶を注ぐ。

「本当に驚きましたよ。朝目が覚めたらフェイナがいなくて、そして外で魔獣と一緒に寝てるんですから。このまま……連れて帰って屋敷で飼う、なんて言い出さなければいいんですけど」

「まあ、大丈夫だろう」

適当に言うシオン。

その辺りの話は、昨夜のうちに済ませておいた。

フェイナも納得していたと思うし、今から駄々《だだ》をこねることはないだろう。

「それでシオン様……ここの温泉に関しては、どうしましょうか？」

「どうもしない。ただ事実を報告してくれ」

シオンは言った。

「湯や土のサンプルを提示して、『魔素が濃すぎてどうにもならない』と伝える。あとは向こうの判断だ。まあ十中八九、開拓は諦めるだろうがな」

「では、この地は今のまま、ということですね」

「そうなるな」

すると、

「えっ⁉　ここの温泉開発ってなくなったの⁉」

とフェイナが叫んだ。

最初は落胆しているのかと思いきや、むしろ逆。

とても嬉《うれ》しそうな顔だった。

「あ、ああ……魔素が濃すぎて人間にはどうにもならなそうだからな。無理をすれば開発できないこともないと思うが……たぶん誰も、そこまでのコストをかけて開発はしないだろう」

「そうなんだ、よかった～」

「……どうしたんだ、フェイナ？　お前は確か、温泉になって賑《にぎ》わうのを楽しみにしてなかったか？」

「最初はそうだったんだけどさー、でも、この仔《こ》見つけちゃったから」

と言って、ひょい、と子犬を抱き上げる。

「もし人間が観光地にするってなったら、この辺りの魔獣は駆除されるか、追いやられるかするわけでしょ？　そしたらこの仔の居場所もなくなってただろうし……だから今は、開発がなくなってよかったなあ、って感じ」

「なるほどな」

「それにさ、ここに人間達が来ないってなれば……ここは私達だけの温泉になるわけでしょ？」

「ふむ……そうか。そうなるのか」

「でしょ？　だったら、そっちの方がずっといいよ。プライベート温泉とか、超最高じゃん？」

　楽しげに微笑《ほほえ》むフェイナ。

「我らだけの温泉か、悪くないな」

「どうせなら別荘でも建てちまおうぜ、坊ちゃま。避暑地にちょうどいいじゃないですか、ここ」

　ナギとイブリスも好意的な反応を見せる。

「そうだな。考えておくか」

　頷《うなず》くシオン。

（僕らだけの温泉、か……）

　考えてもみなかったものだが、案外、いいものなのかもしれない。

　また五人で温泉に入りに来る。

　これから先、何度でも――

「さすがシー様、話がわかるぅ」

「……ただし、今度からは混浴は禁止だ。ちゃんと男女は別に作る」

「えー、今更そういうこと言っちゃうの」

「そんな、シオン様……せっかく私達だけの温泉だというのに、混浴でなくなってしまうなんて……」

嘆くように言うフェイナとアルシェラを、シオンは無視することにした。

と。

そのとき、だった。

「……む？」

遠方より——気配を察知した。

（魔獣……？　いや、違うな）

これは人間の気配だ。

「なんか……近づいてきてるね」

「フェイナも気づいたか？」

「うん。十人ぐらいかな？」

「そうだな。迷い込んだ……というわけでもなさそうだ。集団で足並みを揃《そろ》えてまっすぐこちらに歩いてくる」

意識を集中させれば、集団の様子はある程度把握できた。

人数はちょうど十人。

鍛え上げた体をした男達の集団で、全員が武器を装備していた。

（山賊……にしては少し小綺麗《こぎれい》だな。おそらく傭兵《ようへい》だろう）

傭兵がなんのためにこの山に？

考えられる理由は——一つしかなかった。

（…………）

シオンはさらに意識を研ぎ澄ませ、集団の会話を捉えた。

『しっかし、全然出てこねえもんだな。強力な魔獣の住処《すみか》って話はどこのどいつが吹いたホラだったんだ？』

『せっかく装備を整えてきたのに、拍子抜けだな』

『バカを言うな。魔獣なんて出てこない方がいいだろ』

『そうそう。このまま頂上まで行って温泉を調べてくれれば、それだけで楽にお金が入るわけだしね』

『けっ。つまんねえんだよ。全然暴れ足りねえよ。久しぶりの魔獣狩りだと思って気合い入れてたのによ。出てきた魔獣は、昨夜の子犬みてえな雑魚一匹だぜ？』

『その雑魚を仕留め損なったくせに、よく言うな』

『ああ？　ちげーよ。あれはわざと逃がしたんだよ。ああやって子供を痛めつけときゃ、親の魔獣が我が子かわいさに出てくるかもしれないだろ？』

『なるほどな。さすが兄弟。だからわざと瀕死《ひんし》のまま逃がしたってわけだ』

『魔獣狩りじゃこの手が意外と使えるんだよ。魔獣と言えど我が子はかわいいみてえでな。

子供が死にそうになると、うじゃうじゃと群れが寄ってきたりするんだよ。しかも瀕死の子供をかばって動きが鈍くなるから、ボコってて最高に楽しいんだぜ』
『へえ。さすがは魔獣狩りのエキスパートですね』
『まったく、粗野な連中だ』

集団の会話を感知したシオンは、内心で舌打ちをした。

（……僕のせいだな）

おそらく彼らは、温泉地調査のために誰かが雇った傭兵《ようへい》の集団だろう。

シオンが威嚇したせいで、今この山には魔獣がほとんどいない。

だから簡単に侵入され――山頂付近まで接近を許してしまった。

しかも。

そのせいで――

（子犬の怪我《けが》……刃物で斬られたような傷だとは思っていたが）

犯人は、あの傭兵達のうちの一人だったらしい。

シオンの威嚇から逃げ遅れてしまった子供の魔獣は、山中を彷徨《さまよ》う中で傭兵達に出くわし、斬りつけられてしまったのだ。

（……くそ）

別に――彼らはなにか間違ったことをしたわけではない。

魔獣は人間にとっての天敵であり、害獣だ。

殺したところで罰せられる法律はないし、文句を言う者もいない。

どんなに残忍な手法で殺したとして、遊び半分で殺したとして、それを悪と断ずることはできない。

彼らはなにも間違っていない。

だが。

どうしようもない不快感が、胸を埋め尽くすようだった。

そして同じ感情を抱いた人間が――この場にはもう一人いた。

「……ふーん。そっか」

どこか冷めた声で、フェイナは言った。

「あいつらが、この仔《こ》を斬ったんだ」

不自然なぐらいに淡々と言った後、抱いていた子犬を地面へと置く。

「……おい、フェイナ」

「大丈夫だよ、シー様。殺したりはしないから」

心配になって声をかけると、フェイナは落ち着いた声で言った。

怒りを抱いているのは間違いないようだが、我を忘れるほどではないらしい。

「ねえシー様。ここの温泉を観光地にするのは、完全に諦めるって方針でいいんだよね？」

「……ああ。そのつもりだ」

「そっか。じゃあ、ちょうどいいかな」

一人納得したように呟《つぶや》いた後、フェイナは歩き出す。

「ちょっと行ってくるね。あっ、シー様はついてこないでよ」

あんまり見られたくないからさ。

と。

そう言い切り、フェイナは一人山頂から下りていった。

（見られたくないって、あいつ、まさか……）

シオンが気づくと同時に、

「フェイナの奴《やつ》、アレやる気かよ」

「だろうな」

「いつ以来かしらね」

イブリス、ナギ、アルシェラもまた、彼女の狙いに気づいたようだった。


十人からなる傭兵達《ようへい》は、足並み揃《そろ》えて山を登っていく。

彼らは近くの領主に雇われた者達だった。

目的は温泉地の調査。

その領主は以前から温泉事業に目を付けており、これまで何度も調査隊を派遣していた。

しかし結果は——いずれも失敗。

少人数の調査隊は、出現した魔獣の群れに為《な》す術《すべ》なく退散した。

業を煮やした領主は魔獣討伐を得意とする傭兵《ようへい》達を金に物を言わせて集め、即席の部隊を結成した。

彼らは今回限りの、金で集められただけの傭兵集団。

すでに前金は受け取っており、十分な装備を固めることができた。

しかし万全の準備を整えて山に出向いた彼らを待ち受けていたのは、一匹の魔獣すら出てこないという、肩すかしの状況。

ある者は楽して大金を手にできることを喜び、ある者は戦闘の機会を逸したことを嘆き、そしてある者は——やっと見つけた小さな魔獣を遊び半分に斬りつけ、親の魔獣をおびき寄せようとした。

金目当てに集まっただけの寄せ集め集団に統率された意思などはなく、それぞれが勝手な思いを抱えたまま、山頂を目指していた。

しかし。

山頂まであと十数分といったところで、彼らの足は止まる。

「……ん？」

「気をつけろ、なにかいるぞ」

「なんだ、ありゃ？」

山道の先にいたのは——一匹の魔獣だった。

四本足の獣。

狼《おおかみ》とよく似たシルエットをしているが、しかしその体毛の色は薄く、黄に近い色をしていた。

その魔獣は、道のど真ん中に立って彼らを見下ろしている。

まるで——彼らの行く手を阻むかのように。

「へっ。ようやく魔獣のお出ましかよ」

「よかったよかった。このままじゃ、せっかく新調してきた武器が無駄になるところだったからな」

「おい、油断するな。打ち合わせ通りに行くぞ」

「ははは。アホ抜かせよ。たかだか一匹の魔獣相手にいちいち隊列なんて組む必要はねえだろ」

「同感。あんなの一人で十分だろ」

「じゃあ誰がやるよ？」

軽口を叩《たた》き合《あ》う傭兵《ようへい》達。

すると、

「なあ、おい……もしかするとあの狼《おおかみ》、昨日お前が斬りつけて逃がしといた子犬の親だったりするんじゃねえのか？」

「ほう……そうか。あの犬ころ、ちゃんと親に泣きついたか。がはは。雑魚は雑魚なりにいい仕事してくれるじゃねえか」

傭兵達の中から、ひときわガタイのいい男が一歩前に出る。

「てめえら手を出すなよ。あいつは俺の獲物だ」

男は背中から、身の丈ほどもある大剣を抜く。

大剣の腹には無数の傷があるが、しかし刃は研ぎ澄まされていた。手入れが行き届いており、刃こぼれ一つない。

いくつもの修羅場を共に乗り越えてきた、男の愛剣であった。

「子供の復讐《ふくしゅう》に来たのか、それともただ外敵を追っ払いに来たのか……まあ、なんだっていいさ」

男は愛剣を構える。

「久しぶりの魔獣狩りだ。せいぜい楽しませてくれよ」

大剣を構えて一歩踏み出す――直前。

しゅんっ、と。

なにかが、男の脇を通り過ぎた。

それは男が足を一歩踏み出してから、踏み終えるまでの間のこと。

動きを追えた者は、その場には一人としていなかった。

「へ……？　あ、れ……？　あいつ、どこ行きやがった……？」

男はまず、正面にいたはずの狼が消えていることに気づいて困惑する。

そして、直後――

「なっ……おい、お前……どうしたんだ、それ……？」

背後にいた一人が、震えた声で男に問う。

「は？　なにがだ？」

「なにがって……その、剣がだよ」

「剣？　俺の剣が――っ⁉」

指を差されて指摘されたところで、男はようやく気づいた。

ない。

刀身が、消失している。

男が握りしめた柄《つか》と、幅広の刀身の根本だけは残っているが、大部分が消えてなくなっていた。

切断面は――恐ろしく綺麗《きれい》だった。

鋭利な刃物で斬り裂いた、どころではない。

まるで最初からそういう仕上がりであるかのように、男の大剣は先端の大部分を失っていた。

「な、なんだこりゃあ……っ!?」

愛剣の無惨な姿に、男は驚愕《きょうがく》のままに絶叫する。

「ど、どうなってやがる!? 俺の、俺の、剣は……」

「……う、うわあっ！」

直後。

背後にいた傭兵《ようへい》達も悲鳴に近い叫びを上げる。

見つけたからだ。

正面にいたはずの、黄色の狼《おおかみ》を、自分達の背後で。

「こ、こいつ……いつの間に……」

「おい……まさか、あの咥《くわ》えてるやつは……」

悲鳴の理由は、狼が突如背後に現れたから――だけではない。

狼の口元。

そこにあるのは――大剣の刀身。

大男が握っていた剣の先端部分を、狼は咥えていた。

そして――

バキン、と。

躊躇《ちゆうちよ》なく、容赦なく、まるで誇示するように、狼は刀身を噛《か》み砕《くだ》いた。

強靱《きようじん》な鋼を鍛えて作られたはずの剣は、狼の一噛みで粉々に砕け散った。

ぐるる――

唸《うな》り声《ごえ》と共に、狼は剣の残骸を吐き出す。

「ひっ……」

「あ、ああ……」

「なん、だよ、あいつ……!?」

傭兵達の表情は、一様に恐怖に支配される。

一部の者達は今にも尻餅を突きそうな様子だったが、

「くっ……ひ、怯《ひる》むな！」

「気をつけろ！　あの狼、ただの魔獣じゃないぞ！」

「落ち着け！　早く武器を構えろ！　打ち合わせ通りに行くぞ！」

何人かが勇ましいかけ声で集団を鼓舞した。

逃げ腰になっていた者達の目にも、その声のおかげで戦意が灯《とも》る。

武器を構えて隊列を組――もうとするが。

それはあまりに遅すぎた。

いや。

仮に遅くなかったとしても――彼らが最初から警戒心を露《あら》わにし、本気で戦おうとしていたとしても、結果はなにも変わらなかっただろう。

圧倒的で絶対的な力量差は、なにも変わらなかっただろう。

しゅんっ、と。

またも一陣の風が、彼らの間を通り抜ける。

それは――狼《おおかみ》の疾走だった。

目にも留《と》まらぬほどの速度で、狼は彼らの間を縫うように走り抜ける。

そして先ほどと同じように――彼らの武器を狙った。

今度は一つだけではない。

その牙と爪で、彼ら全員の武器をことごとく奪い、破壊した。

彼らが隊列を組み終わる頃には――

もう、彼らの手に武器はなかった。

その全てが無惨に噛《か》み砕《くだ》かれ、切り裂かれ、一つとして武器としての原形を保ってはいない。

「なっ」

「ひっ……あ、あ……」

「……う、うわああ……」

「た、助けっ」

最初は驚愕《きようがく》し、そしてすぐさま彼我の絶対的な差を自覚した――強制的に自覚させられた。

恐怖と絶望に押し潰され、身動き一つ取れなくなる傭兵《ようへい》達。

そこへ、狼がゆるりと歩を進める。

「……サレ」

と。

鋭利な牙の隙間から、人の言葉が漏れた。

「オロカナ、ニンゲンドモ……！」

激しい憤怒の言葉が狼の口から吐き出されると同時に、その体から凄《すさ》まじい魔力が迸《ほとばし》る。

体毛が。

薄い黄色のように見えた体毛が、金色に近い輝きとなる。

目映《まばゆ》い輝きを放つ狼は膨大な魔力を解き放つと同時に、徐々にその体を巨大化させて

いった。

金色の狼《おおかみ》は、やがて人など丸呑《まるの》みできるほどの巨体となる。

そんな化け物と対峙《たいじ》した傭兵《ようへい》達は、未《いま》だかつて味わったことのない恐怖を魂に植え付けられ、戦慄してその場に立ち尽くした。

「ココカラ、タチサレ……！」

激怒のままに叫んだ直後、巨大な口から凄《すさ》まじい咆哮《ほうこう》が飛び出す。

音の衝撃により、戦慄していた傭兵達はようやく体の自由を取り戻す。

我に返った男達は、悲鳴を上げながら我先にと逃げ出した。


フェイナはおよそ十分ほどで戻ってきた。

「ふふふっ、追っ払ってきたよー」

かなり上機嫌な様子である。

「……あの姿に戻ったのか？」

「うん。まあね」

あの姿とは――狼の姿だ。

金色の体毛を宿す、伝説の魔狼《まろう》。

万物を射抜くような眼光と、鋭利な牙と爪。強大にして強靱《きょうじん》な体躯《たいく》。見る者全てに怖気《おぞけ》を抱かせるような、残忍にして凶悪な獣の姿――

「と言っても、姿だけだけどね。気絶されても困るから、魔力はだいぶ抑えた感じ。ま、シー様の威嚇の真似《まね》っこだよね」

どうやらフェイナは、元の姿を誇示することで傭兵《ようへい》達を追い払ってきたらしい。

シオンと同じように、威嚇という方法で外敵を山から追放したのだ。

「ふふっ。この子の仇《かたき》取りたかったから、ちょっと小芝居入れて嫌がらせしちゃった。『オロカナニンゲンドモ』とか言って、山の主みたいなノリ出しちゃった。ふふふ。あいつら、相当ビビってたから、もう二度とこの山には近づかないと思うよ」

「…………」

「あっ。でも安心してよ。誰も殺してないから。武器だけは壊したけど」

「……そうか。ならいいが」

いや、いいのか？

とシオンは思い悩む。

内心では、少しばかり傭兵達に同情していた。

伝説の魔狼《まろう》と相対しただけでも相当な恐怖だろうに、それで恐怖を煽《あお》るような嫌がらせまでされてしまったとなれば……もはや一生モノのトラウマだろう。

二度と魔獣相手に戦うことはできないかもしれない。

「街まで逃げてってたら、せいぜい噂《うわさ》を広めて欲しいよね。『あの山にはとんでもない化け物がいるぞー』ってさ。そしたら……」

フェイナはそう言うと、足下に寄ってきた子犬を再び抱きかかえる。

「もう二度と、この仔《こ》が襲われることもないもんね」

「……そうだな」

得意げな笑顔を向けられ、シオンは笑うしかなかった。

魔素濃度のサンプルを提出すれば、ここが観光地開発に不向きだという事実がこの一帯に伝わるだろう。

そこにさらに、とんでもない化け物がいるという噂まで広まれば、開発しようと考える者はいなくなるはず。

開拓の賞金も取り下げられ、この山に人が近づくことはなくなるだろう。

「えへへー。よかったねー。もう大丈夫だよー」

フェイナは愛《いと》おしそうに子犬に頬《ほお》ずりをしていたが、

「え……ちょっ、あれっ!? ど、どうしたの……？」

直後、今まで懐いていたはずの犬が、腕の中で暴れ始めた。

腕から飛び出して地面に下りると、そのまま脇目も振らずに駆けていく。

向かった先にいたのは――魔犬の群れだった。

木々に隠れたまま、こちらを覗《のぞ》くようにしている。

駆け出していった子犬は、群れの中でも最も大きい魔犬の足下に駆け寄っていく。するとその魔犬も、愛《いと》おしそうに子犬の毛並みを舐《な》め始めた。

「あの仔《こ》の、母親と家族かな……？」

「そうだろうな」

威嚇の効果が切れたから、この山へと帰ってきたのか。

あるいは――はぐれた我が子を探すために、勇気を振り絞って戻ってきたのかもしれない。

群れへと戻った子犬は、とても元気よくはしゃいでいた。

「……なんか、めっちゃ嬉《うれ》しそう」

フェイナは複雑そうな顔になっていた。

「なんだ、嬉しくないのか？」

「いや、嬉しいけどさ……でも、ああも脇目も振らずに走って行かれると、いろいろ複雑っていうか。私との時間はなんだったのっていうか……」

「お前との時間って……一晩だけの話だろう」

「私……、別れの際は心を鬼にしなきゃと覚悟を決めてたのに。泣き寄ってくるあの仔に

『お前なんか大嫌いだよ！　とっとと仲間のとこに帰りな！』みたいな小芝居して、あの仔を送り返そうと思ってたのに……」

「……そんなことを考えていたのか」

「それなのに……あんな全力で帰っていくなんて。私のことは遊びだったのかよ、畜生！　一晩相手したらもう用済みか！」

　謎の悔しがり方をするフェイナだった。

「そう嘆く必要もないだろう」

　宥《なだ》めるように、シオンは言う。

「家族は一緒にいるのが一番だからな」

「……うん、そうだね」

　フェイナは頷《うなず》き、小さく微笑《ほほえ》んだ。

「はぁーあ、やっぱり浮気するなってことだよねー。私はやっぱり……シー様をしっかりとかわいがれってことなんだよ」

　悪戯《いたずら》っぽく言った後、こちらに抱きつこうとしてきたので、シオンは慌てて回避した。

「やめろ。僕は犬じゃない」

「ぶー、シー様のケチー」

「いい加減になさいフェイナ。シオン様が嫌がっているでしょう？」

「そうだぞ。主君を犬扱いするとはなんたる不敬……」

不服そうなフェイナと、それを注意するアルシェラとナギ。イブリスはどうでもよさそうにあくびを噛《か》み殺《ころ》していた。

シオンは深く息を吐いた後——魔犬の群れの方を向いた。

「……すまなかったな」

謝罪を口にする。

言葉は通じないとわかっていても、それでも。

「お前達の住処《すみか》に踏み込み、脅かして追いやったりしてしまって、すまなかった。でも……もう出て行く。お前達の生活をこれ以上邪魔するつもりはない。それにおそらく……今後はもう、他の人間達が山に足を踏み入れることもないだろう。安心して暮らして欲しい」

ただ、シオンは付け足す。

「もし許してくれるなら、また温泉を貸してくれ」

魔犬の群れは応えない。

吠《ほ》えることもなく、森の中に消えていった。

「……伝わっただろうか？」

「さあねー、伝わってるといいね」

フェイナは言った。

「魔獣相手にあんなこと言って……坊ちゃまは本当に律儀なんだから」

「さすがはお屋形《やかた》様だ」

苦笑するイブリスと、恭しく褒《ほ》め称《たた》えるナギ。

「……また来ましょうね、シオン様」

アルシェラの言葉に、「ああ」とシオンは頷《うなず》いた。

「じゃあ、帰るか」

僕達の家に。

と。

シオンは言った。

それぞれ荷物を抱えて、彼らは歩き出す。

つかの間の旅行を終えて、家族で暮らすための家へと。

あとがき

小説家になるような人間は往々にして一人でいるのが好きな人間だと思います。かくいう僕も、どっちかと言えば一人で黙々と作業するのが好きな人間です。人に使われるのも人を使うのも苦手なタイプで、だからこそ作家を目指した感じでした。

一人でいるのが好き。でも一人でいるが好きなことと、一人になってしまうことはまた違うのかなと思います。一人の時間は大切ですが、孤独が好きというわけではありません。友達も家族も親戚もいなくて、本当の意味で孤独だったら、きっと『一人が好き』だなんて悠長なことは言ってられないかと思います。本当の意味で一人ではないからこそ『一人が好き』なんて言ってられる。それはとても幸せなことではないでしょうか。

ていうか……そもそも小説家って意外とコミュニケーション強者多いんですけどね。『作家なんてどうせみんな口下手な陰キャの集まりだろ』と思ってデビューしてみたら、意外と明るくて社交的でしっかりとした常識人が多いというか、売れてる人は大体そんな感じというか……。そして編集さんからも『この世界、人間性が一番大事だよ』とか言われて、なんだよ話が違うじゃねえか、と思ったり思わなかったり……。

そんなこんなで望公太《のぞみこうた》です。

神童と呼ばれた勇者と、メイドおねえさんの話、第四弾。今回はバトルはお休みして日常コメディがメインな感じでした。まあ要するに温泉シーンが書きたかったのです。もっと言うと温泉シーンのイラストを描いていただきたかったのです。

では以下告知。

四巻と同じタイミングでオーディオドラマも発売します！　詳しくは公式サイトや四巻のオビで！　そしてコミカライズもコミックアライブにて好評連載中！　単行本も近々出る予定ですので、よろしくお願いします。

以下謝辞。

担当のT様。今回もお世話になりました。もう……なんていうか、本当にお世話になりました。以後気をつけます……。イラストレーターのぴょん吉《きち》様。今回も素晴らしいイラストをありがとうございます。毎度毎度カラーもモノクロも本当にすごくて感動します。

そして、この本を手に取ってくださった読者の皆様に最大級の感謝を。

それでは、縁があったらまた会いましょう。

望公太

Character Design

Genius Hero and Maid Sister.

ぴょん吉先生による四人のメイドたちの魔族の姿、キャラクターデザインをご紹介！

フェイナ

Feina

アルシェラ

Alsheera

Back Style
ナギ
Nagi
イブリス
Ivlis

神童勇者と
メイドおねえさん

Genius Hero and Maid Sister.

次ページより

原案：望公太 × 漫画：ぴょん吉

原作タッグによる
販促用4P漫画を
特別収録!!

Presented by Kota Nozomi
Illustration = pyon-Kti

二年前──
巨悪なる魔王は
勇者によって倒された
当時勇者は──十歳
規格外の才能を持つ神童が
世界に平和をもたらした
しかし
「とある事情」により
少年は勇者の称号を剥奪され
王都から放逐され
人々から疎まれ
人里離れた深い森での
隠遁生活を強いられた──
シオン様
頼まれていた本を
お持ちしました
アルシェラ
シオンのお世話をするメイド達の長
淑やかで優しくて
そしてとってもエッチなおねえさん
すっ
ああ
すまない

あんっ
うわぁぁ!
あら? もうよろしいのですか?
わっ
わざとじゃないぞ! 今は本に夢中になってたから
事故で!
だから
その……
ごっ
ごめん
キュン……
ぱく
ぱく
…♥
気になさらないでください
私はシオン様にこの身を捧げた
卑しきメイド
シオン様に触れてならぬ場所など
この身に一片たりともありません
はっ
はっ
ガッ
う… うぉ
なんでしたら…… 手ではなくて別なモノを 刺してみても……
ふくーっ
ふくーっ
べっ… 別なモノ……?
うふふ♥
それは……

あーっ!
アルシェラってば まーたシオン様に エロいことしてる!
イブリス
メイドの一人
面倒くさがりでサボり魔で
やはりエッチなおねえさん
フェイナ
メイドの一人
快活で奔放で
普通にエッチなおねえさん
ナギ
メイドの一人
東方出身で生真面目で
とは言えなんだかんだエッチなおねえさん
なっ
なにを言ってるのかしら? 今のはただの事故だから……
自分でおっぱい 持ち上げて 狙ってシー様の 腕を入れて
嘘嘘 見てたもんね
まったく お前ら二人は相変わらず 万年発情期だよなぁ
ふん
どいつもこいつも…… 慎みの足りない女達だ
ナギだってドエロい下着してるけど…!
あっあれは ふんどしといってだな…っ

どうかなさいましたか？
いや
お前達が来てから
本当に毎日が楽しい
これは──幸福の物語
世界に見捨てられた勇者の少年が
それでも幸せに暮らしていく物語

月刊コミックアライブにて
コミカライズ
絶賛連載中!
コミカライズ版『神童勇者とメイドおねえさん』
第1巻、6月23日発売予定!!
漫画:上杉響士郎　原作:望公太　キャラクター原案:ぴょん吉
MFコミックス　アライブシリーズ

MF文庫J

神童勇者とメイドおねえさん4

2020年 4月25日　初版発行

著者　望公太

発行者　三坂泰二

発行　株式会社 KADOKAWA
〒102-8177 東京都千代田区富士見 2-13-3
0570-002-001（ナビダイヤル）

印刷　株式会社廣済堂

製本　株式会社廣済堂

Printed in Japan　ISBN 978-4-04-064587-2 C0193

◇◇◇

【ファンレター、作品のご感想をお待ちしています】
〒102-0071 東京都千代田区富士見2-13-12
株式会社KADOKAWA　MF文庫J編集部気付「望公太先生」係　「ぴょん吉先生」係